W0311506

1

Il y a bien longtemps, la surface d'un étang gelé se fissura et Jack Frost surgit de l'eau glaciale. Il était maigre, pâle et ne portait pas de chaussures. Ses cheveux blancs brillaient tandis qu'il regardait partout autour de lui. Il ne reconnaissait rien, pas même son reflet.

« D'un coup, j'ai vu la lune, se remémora-t-il. Elle était si énorme et elle brillait si fort... On aurait dit qu'elle voulait chasser l'obscurité. Ce qu'elle a fait... et ma peur s'est envolée. »

Jack traversa l'étang couvert de glace mais il trébucha sur quelque chose. Il se baissa et ramassa un bâton de bois. Presque aussitôt, le bâton se mit à luire d'une lumière bleu vif.

Ce phénomène était tellement étrange que Jack faillit le lâcher, si bien que l'extrémité toucha la surface de l'étang : du givre se forma et se propagea sur la couche de glace.

Jack secoua la tête. Il ne comprenait pas ce qui se passait. Par curiosité, il posa le bout du bâton contre un arbre : un sillon de givre se forma le long du tronc.

C'était un bâton magique ! Jack découvrit qu'il pouvait contrôler le vent de manière à ce qu'il le soulève jusque dans les arbres. Du haut d'une branche, il aperçut une petite ville. Peut-être y obtiendrait-il des réponses ?

Jack chevaucha le vent jusqu'à la ville, où certains habitants se réchauffaient autour d'un feu.

– Bonjour ! Bonjour ! Bien le bonjour ! salua-t-il.

Les gens passaient devant Jack comme s'il était absent.

– M'dame ? hasarda-t-il en s'arrêtant près d'une femme.

Celle-ci ne le vit pas.

– S'il te plaît, tu pourrais me dire où je suis ? demanda-t-il à un jeune garçon.

Ce dernier passa à travers lui en courant.

– Hé, ho ! Coucou ! cria Jack.

C'est alors qu'il comprit qu'il était invisible. Personne ne l'entendait. Sa peur provoqua une chute de neige.

Bouleversé, Jack retourna dans la forêt. Il savait qu'il s'appelait Jack Frost parce que la lune le lui avait dit, mais il resta longtemps sans rien savoir d'autre.

Les années s'écoulèrent sans que Jack perde l'espoir d'un jour découvrir pourquoi il existait et quel était son but sur terre.

Bien loin de là, au cœur d'un gigantesque glacier, se dressait une forteresse dissimulée dans un recoin, dans laquelle beaucoup de monde s'affairait. Le palais du Père Noël, immense et bruyant, était le secret le mieux protégé de la planète.

Ici, au pôle Nord, le Père Noël s'appelait Nord.

Dans un angle de son atelier, son célèbre manteau rouge ainsi que son bonnet projetaient de longues ombres sur le sol. À l'autre bout de la pièce se trouvait Nord en personne, une tronçonneuse à la main, posté devant un gros bloc de glace. Il leva la tronçonneuse, révélant un tatouage le long de son avant-bras, qui disait «méchant». Il planta la tronçonneuse dans la glace. Des éclats volèrent dans tout l'atelier.

Trois lutins se tenaient près de la porte, dévorant des cookies destinés à Nord.

– J'attends toujours mes cookies! rugit sa voix

tonitruante teintée d'un accent russe à travers son vaste atelier, rappelant à ses lutins que c'était l'heure de son goûter et qu'il avait faim.

Les lutins déguerpirent en vitesse et Nord s'affala sur son fauteuil à roulettes, tendant le bras vers un porte-outils. Il attrapa un minuscule marteau et retroussa ses manches. Son autre bras portait également un tatouage et sur celui-ci était inscrit : « gentil ».

À l'aide d'outils de précision, Nord opéra quelques dernières petites tailles dans son bloc de glace. Lorsque la sculpture fut achevée, il souleva la locomotive qu'il venait de créer et la posa précautionneusement sur des rails, eux aussi faits de glace. Le train s'anima dans un grondement, crachant un nuage de vapeur froide avant de démarrer en haletant.

Nord prit un cookie. Il contempla son jouet qui atteignit une boucle, fit un looping puis s'élança dans les airs. Des ailes se déployèrent sur la locomotive de glace et un moteur à réaction se mit en marche.

Mais la porte de l'atelier s'ouvrit dans un grand fracas et heurta le train volant. Un abominable homme des neiges tout poilu surgit dans la pièce. Le front velu du yéti était plissé, il avait l'air inquiet. Le train de glace s'écrasa au sol et des milliers de fragments s'éparpillèrent en tombant sur le plancher.

Nord regardait le jouet en secouant la tête, quand le yéti se mit à crier :

– Arghbal…

– Combien de fois t'ai-je demandé de frapper avant d'entrer ? rouspéta Nord en faisant pivoter son fauteuil pour être face à l'énorme bête.

– Warga blarghgha ! répliqua le yéti.

– Comment ? s'exclama Nord en se levant d'un bond. Le globe ?

Il sortit son épée de son fourreau et se précipita hors de la pièce. Il se fraya un chemin à travers une foule de lutins affolés, les grelots de leurs bonnets tintant sur son passage. Des ouvriers yétis s'écartèrent.

– Allez, ouste, avec vos têtes pointues ! lança Nord à l'intention des lutins. Pourquoi faut-il toujours que vous soyez dans mes pattes ?

Il s'approcha à grands pas du globe des croyances qui trônait au centre de sa forteresse. Il était immense et couvert de lumières scintillantes. Tous les continents étaient parsemés de minuscules ampoules.

– Que se passe-t-il ? demanda Nord au yéti qui lui avait signalé le problème.

Des centaines de lumières étaient éteintes. Examinant le globe de plus près, Nord fut surpris de constater que de plus en plus d'entre elles disparaissaient. C'était comme si quelqu'un ou quelque chose s'amusait à les éteindre.

– Tu as vérifié l'axe ? demanda Nord au yéti. Est-ce que la rotation est équilibrée ?

– Wardle bawddrel, acquiesça le yéti.

Le vent se mit à souffler dans la grande pièce. Un voile de sable noir recouvrit progressivement les lumières du globe, jusqu'à ce qu'il devienne entièrement obscur.

Les lutins poussèrent des hurlements. Des ténèbres sablonneuses tourbillonnèrent, puis s'élevèrent du globe et emplirent la pièce en formant une tornade. Celle-ci monta jusqu'au plafond, où elle finit par éclater en un nuage de fumée avant de disparaître.

Le silence retomba dans la pièce. Personne n'osait faire un geste.

Les lumières du globe se rallumèrent et tout sembla revenir à la normale... jusqu'à l'apparition de l'ombre. Longue et noire, la silhouette d'un homme passa sur le sol à toute vitesse puis s'évanouit en laissant derrière elle l'écho d'un rire.

Nord inspecta l'endroit où l'ombre venait de se volatiliser.

– Se pourrait-il que ce soit... marmonna-t-il avant d'appeler l'un de ses lutins. Dingle !

Le lutin apparut à ses côtés.

– Dis à tout le monde de se préparer, ordonna Nord. On va avoir de la visite !

Le lutin hocha la tête tandis que Nord tendait le bras vers un grand levier uniquement destiné aux urgences. Il fit tourner le cadran et abaissa la poignée d'un coup sec. Le globe se mit à luire. Puis un faisceau lumineux jaillit de la pointe de l'axe et traversa le toit pour se projeter dans le ciel.

Pour la première fois depuis des décennies, Nord faisait appel aux gardiens.

2

Une petite fée voletait au-dessus de la tête d'un enfant qui dormait à poings fermés dans son lit. Elle se glissa sous son oreiller et ressortit de l'autre côté, tenant une dent dans sa minuscule main, après avoir laissé une pièce de monnaie au passage. Puis elle regagna le somptueux palais de la Fée des dents, construit dans le creux d'une montagne.

Des centaines de minifées voltigeaient autour du château; certaines rentraient de mission, d'autres s'apprêtaient à partir pour récolter les dents fraîchement tombées.

À l'intérieur du palais, la petite fée donna la dent qu'elle venait de récupérer et reçut en échange une autre pièce ainsi qu'une adresse. Au milieu de toute cette activité se trouvait la Fée des dents elle-même. Mi-humaine, mi-colibri, Fée était magnifique avec ses plumes aux couleurs vives et ses ailes délicates qui battaient à toute vitesse tandis qu'elle criait des ordres.

– Moscou, secteur 9 : vingt-deux incisives, dix-huit prémolaires ; oh, oh... Alerte ! on nous annonce de fortes pluies !

Elle s'interrompit pour consulter la carte puis reprit :

– Des Moines : on a une canine au 23, Maple Street. Allez ! Non, une seconde ! cria-t-elle brusquement.

Tout le monde se figea. Brandissant une dent, elle pivota pour faire face à ses innombrables minifées. Ses ailes chatoyantes papillonnèrent d'excitation.

– C'est la première dent que perd cette petite fille. A-t-on jamais vu incisive latérale aussi parfaite ? s'extasia-t-elle. Regardez comme cette enfant a fait bon usage du fil dentaire !

Les minifées approuvèrent en pépiant d'enthousiasme, puis furent intriguées par une lueur dans le ciel, un faisceau qui s'étendait jusqu'au palais et au-delà.

La gorge serrée, Fée rassembla ses conseillères les plus proches parmi les minifées et partit comme une flèche.

Un enfant endormi rêvait qu'il jouait au football. Son rêve tournoyait au-dessus de sa tête dans un nuage de sable doré. Cette poudre de rêve, le Marchand de sable en répandait une quantité incroyable toutes les nuits. Depuis les nuages, là-haut dans le ciel, Sab contrôlait les rêves, envoyant ces vagues dorées et magiques à chaque enfant profondément endormi.

Sab aimait beaucoup son travail. Il tapotait son ventre rond avec satisfaction lorsque le signal d'alerte de Nord passa devant lui à toute vitesse. Son allégresse fit aussitôt place à l'inquiétude.

En un rien de temps, il rassembla son sable de rêve et en fit un petit avion. Prenant place dans l'étroit cockpit, il enregistra un itinéraire, cap au nord, et s'envola.

Bunny, le Lapin de Pâques, traversa un tunnel souterrain aussi vite que ses grandes pattes molles le lui permettaient. Des œufs de Pâques pourvus de petites jambes s'écartèrent de son chemin en sautillant. Il mesurait plus d'un mètre quatre-vingts et devait faire attention de ne pas se cogner la tête dans la précipitation. Il émergea de la galerie par une sortie au pôle Nord, et grimpa sur un talus de neige.

– Hé, on gèle ici ! se plaignit-il.

Il avançait péniblement sur le sol humide et froid, marmonnant dans sa barbe.

– Je ne sens plus mes pattes… Je ne les sens plus…

Il bondit en mettant un pied devant l'autre sans s'arrêter jusqu'à rejoindre enfin la chaleur de la forteresse de Nord.

Réunis dans la salle du globe, les gardiens n'attendaient plus que Sab. Nord offrit des cookies et du lait de poule à Bunny et à Fée. Comme toujours, celle-ci était occupée à envoyer ses petites émissaires récupérer de nouvelles dents.

– J'espère que tu as une bonne raison de nous convoquer, Nord, déclara Bunny.

À cet instant, Sab apparut. Son avion de sable de rêve se désintégra et il descendit vers le sol en planant. À l'aide de simples images de sable, il tenta de signifier à Nord à quel point il était débordé.

– Je sais, je sais, dit Nord. Mais vous vous doutez bien que je ne vous aurais pas fait tous venir ici si la situation n'était pas grave. Mes chers gardiens, camarades légendaires, poursuivit-il après s'être éclairci la voix, notre travail consiste à veiller sur les enfants du monde entier, à les protéger, à faire en sorte qu'ils s'émerveillent et qu'ils nourrissent des espoirs et des rêves. Et, si je nous ai réunis, c'est pour une seule raison : les enfants sont en danger. Un ennemi que nous avons tenu à distance pendant des siècles a finalement décidé de frapper à nouveau. Nous seuls pouvons l'en empêcher.

Les quatre légendes s'avancèrent vers le centre de la pièce.

– Le croque-mitaine est venu jusqu'ici... au Pôle, expliqua Nord.

– Pitch ? Pitch Black ? demanda Fée, qui n'en croyait pas ses oreilles.

– Oui ! acquiesça Nord. Du sable noir a recouvert le globe et, ensuite, une ombre est apparue !

– Comment ça, du sable noir ? fit Bunny, perplexe. Je croyais que tu avais vu Pitch.

– Eh bien, euh, pas exactement.

– Pas exactement ? répéta Bunny, qui n'était pas d'humeur à plaisanter. C'est une blague ?

Il jeta un regard à Sab qui haussa les épaules d'un air bienveillant et dessina un point d'interrogation avec son sable de rêve.

– Pitch mijote quelque chose de terrible, poursuivit Nord. Je le sens au plus profond de mes entrailles.

– Attends une minute. Tu veux dire que tu m'as fait venir ici trois jours avant Pâques parce que tu as des problèmes d'estomac ? s'offusqua Bunny. Si je te faisais ce coup-là trois jours avant Noël, l'ami...

Bunny fut interrompu par Fée qui donnait encore des ordres à sa petite armée :

– Argentine. Alerte prioritaire ! Une fournée de prémolaires à Buenos Aires.

– Je t'en prie, Bunny, Pâques n'a rien à voir avec Noël, reprit Nord.

– Nous y revoilà, dit Bunny avant de se mettre à rire. Nord, je n'ai pas de temps à perdre : j'ai encore deux millions d'œufs à terminer.

– Quel que soit le temps que tu passes à les peindre, ce sont toujours des œufs, riposta Nord.

Tandis que Nord et Bunny se chamaillaient, Fée continuait à travailler.

En regardant par une lucarne dans le toit, Sab remarqua que la lune était apparue. Ses rayons brillaient d'un éclat vif, baignant la salle du globe de leur lumière.

Il tenta de le signaler aux autres légendes à l'aide d'images en sable de rêve, mais personne ne lui prêta attention.

– Allons, Pitch a disparu en même temps que l'âge des ténèbres. On y a personnellement veillé, tu t'en souviens ? précisa Bunny à Nord.

– Je sais que c'était lui. On a un gros problème.

– Oui, eh bien, moi, j'ai un gros problème d'œufs, insista Bunny.

À court d'idées, Sab empoigna l'un des lutins de Nord et se mit à le secouer. Les grelots du lutin tintèrent à travers toute la pièce. Les gardiens finirent par s'interrompre. Sab dessina un croissant de lune au-dessus de sa tête.

– Aaah, la lune ! s'exclama Nord. Sab, pourquoi est-ce que tu n'as rien dit ?

Sab jeta un regard hébérlué à Nord. Du sable de rêve jaillit de ses oreilles. Nord s'adressa à la lune :

– Ça fait un bout de temps, ma vieille amie. Qu'est-ce qui nous vaut cet honneur ?

Un rayon de lune se concentra sur un point au sol, au milieu des quatre gardiens. Puis la lumière changea : elle s'obscurcit et forma des ombres qui révélèrent la silhouette de Pitch que les gardiens fixèrent, incrédules.

– Mais c'est bien Pitch ! constata Bunny.

– Que devons-nous faire ? demanda Nord.

Pour toute réponse, le rayon de lune brilla plus fort avant de rétrécir. Au centre du cercle, le rayon éclaira un symbole très ouvragé. Celui-ci s'éleva du sol pour dévoiler une grosse pierre précieuse au sommet d'une colonne.

Nord resta bouche bée devant cette pierre qui réfractait la lumière dans toute la salle comme un cristal.

– Euh, les gars, vous savez ce que ça signifie ? demanda Fée, le souffle coupé.

– La lune choisit un nouveau gardien, expliqua Nord.

– Je me demande qui ce sera, dit-elle en hochant la tête.

Avec son sable de rêve, Sab façonna des images tandis que Fée cherchait à deviner qui pourrait bien être élu pour rejoindre leur petit groupe.

– Peut-être le Farfadet ? suggéra-t-elle.

– Par pitié, pas lui ! implora Bunny.

Soudain, une lumière vive envahit la pièce. Au-dessus de la pierre qui scintillait sur la colonne, un hologramme apparut : une silhouette revêtue d'une cape. Elle tenait à la main un bâton recourbé.

À l'unisson, les minifées poussèrent un soupir de satisfaction alors que les gardiens fixaient l'image, déconcertés par le choix de la lune.

– Jack Frost, murmura Nord.

– Ah, je retire ce que j'ai dit ! geignit Bunny. Finalement, je préférais le Farfadet !

– Ma foi, euh, tant qu'il nous aide à, euh... à protéger les enfants, n'est-ce pas ? bégaya Fée.

Mais Bunny refusait d'y croire.

– Jack Frost ? Il se fiche complètement des enfants ! Tout ce qu'il fait, c'est geler des canalisations d'eau et mettre la pagaille dans mes parties de chasse aux œufs. Pas vrai ? C'est un irresponsable, un égoïste, une...

– Une légende, le coupa Nord.

– Jack Frost est beaucoup de choses mais certainement pas une légende ! cracha Bunny en secouant la tête.

3

Jack Frost s'assit sur une boîte aux lettres de Saint-Pétersbourg, en Russie, prêt à semer la pagaille. Il toucha le sol du bout de son bâton pour former une zébrure de glace qui courut à travers la rue.

Un garçon russe buvait à une fontaine lorsque l'eau qui s'en écoulait gela instantanément. Ses lèvres restèrent collées au jet glacé.

– Aaah ! hurla-t-il, incapable de bouger.

Un facteur voulut l'aider mais, comme par magie, une plaque de glace se forma sous ses pieds. Patatras ! L'homme tomba sur les fesses.

La zébrure de glace monta le long d'une gouttière. Les fenêtres d'un immeuble se couvrirent de givre.

À l'intérieur, un poisson rouge nageait à la surface de son bocal pour se nourrir, mais une fine couche de glace recouvrit l'eau, l'empêchant de manger. Dans la pièce voisine, un écrivain était assis près d'une pile de papiers. Un brusque coup de vent fit voler ses pages par la fenêtre. Tandis que la glace s'étendait sur les murs du bâtiment, elle gela les câbles électriques et les cordes à linge.

Jack Frost grimpa sur un promontoire dominant la ville pour contempler les dégâts qu'il avait provoqués, et sourit.

– Ah, voilà qui était bien amusant, dit-il. Hé, le vent !

Les arbres commencèrent à se balancer et des feuilles voltigèrent. Jack réunit les bourrasques.

– Ramène-moi à la maison, ordonna-t-il.

Le vent le souleva et l'emmena loin de la Russie.

– Wouhouuu ! hurla Jack, fou de joie, en s'envolant.

Quand il arriva chez lui, Jack décida d'offrir un cadeau à la ville de Burgess. Le printemps approchait mais il avait encore le temps pour un dernier…

– Jour de neige ! lança-t-il en sautant de sa monture de vent.

Il atterrit dans le centre-ville et fila à travers les rues, forçant les gens à s'emmitoufler dans leurs manteaux.

Un garçon du nom de Jamie rentrait chez lui à pied quand le vent provoqué par Jack lui arracha le livre qu'il tenait à la main dont le titre était: *Mystères, créatures mythiques et phénomènes inexpliqués.*

Jamie rattrapait son livre; Jack se précipita à ses côtés.

– Tiens, ça a l'air intéressant, dit-il. C'est un bon livre?

Jamie ne pouvait pas voir ni entendre Jack, et il poursuivit son chemin. Claude et Caleb, des jumeaux, qui étaient dans la même classe que lui, passèrent en courant. Ils se bousculaient tout en riant.

– Oui! Super! se réjouit Claude.

– Youpi! De la neige! s'exclama Caleb avant de pousser son frère dans une congère.

– Mais je vous en prie, dit Jack, un grand sourire aux lèvres.

Cependant, tout comme Jamie, les jumeaux ne voyaient ni n'entendaient Jack Frost.

– Hé, les gars, attendez! dit Jamie en courant derrière les jumeaux. Est-ce que vous venez à la chasse aux œufs, dimanche?

– Ouais! On va avoir des sucreries gratuites! répondit Caleb.

– J'espère qu'on pourra trouver les œufs avec toute cette neige, ajouta Claude.

Bientôt, les trois garçons arrivèrent devant chez Jamie, qui leur montra son livre. Jack les observait, perché sur la clôture du jardin.

– Vous savez quoi? dit Jamie à ses camarades. Ce livre raconte que des poils et l'ADN du Bigfoot ont été retrouvés dans le Michigan. C'est à deux pas de chez nous, les gars !

– Ça recommence, gémit Claude.

Jamie regarda Sophie, sa petite sœur âgée de deux ans, qui s'amusait dans leur jardin. Elle portait des ailes de fée et tentait de chevaucher leur chienne, un grand lévrier femelle.

– Toi aussi, tu as vu la vidéo, Claude. Il est là, quelque part, déclara Jamie en franchissant le portail, tandis que les garçons attendaient derrière la clôture.

– C'est déjà ce que tu avais dit à propos des extraterrestres, gloussa Caleb.

– Et du Lapin de Pâques, renchérit Claude.

– Mais le Lapin de Pâques existe vraiment, s'insurgea Jamie en attrapant sa luge sous le porche.

– Ah, ça, c'est sûr qu'il existe vraiment ! intervint Jack, même s'il savait que les garçons ne pouvaient pas l'entendre. Et il est vraiment agaçant, vraiment grincheux et *vraiment* prétentieux aussi.

– Voyons, les gars, vous croyez à n'importe quoi, ricana Claude.

Sophie se mêla, elle aussi, à la conversation :

– Lapin de Pâques ! s'écria-t-elle en riant.

Hop, hop, hop ! À force de sautiller, elle tomba. Aïe !

– Maman ! appela Jamie. Sophie est encore tombée.

La mère de Jamie sortit de la maison pour voir ce qui se passait.

– Ça va, Sophie ? s'enquit-elle en relevant sa fille et en époussetant la neige qu'elle avait sur elle.

– Bon, on fait de la luge ou quoi ? s'impatienta Caleb.

Entendant cela, la mère de Jamie déclara en lui tendant son bonnet :

– Jamie, ton bonnet. Tu ne voudrais pas que Jack Frost te pince le nez, n'est-ce pas ?

– C'est qui Jack Frost ? demanda Jamie à sa mère.

– Personne, mon chéri, répondit-elle en souriant. C'est juste une expression.

– Hé ! s'offusqua Jack.

Il ramassa de la neige et en fit une boule parfaite. Il la contempla et imita Jamie en répétant : « C'est qui Jack Frost ? », puis il souffla sur la boule de neige qui prit une teinte bleutée magique.

Il se positionna face à Jamie et le visa. En plein dans le mille !

– Qui m'a lancé ça ? demanda Jamie en riant et en regardant tout autour de lui.

D'un bond, il rejoignit un groupe d'enfants qui jouaient dans la neige.

– Ce n'était certainement pas le Bigfoot, mon p'tit gars, dit Jack en souriant.

Jamie continua de scruter les alentours à la recherche du lanceur de boules de neige. Il repéra deux enfants en train de se construire une barricade et les attaqua à son tour.

Sa boule de neige atteignit en pleine tête un garçon nommé Monty, faisant voler ses lunettes aux verres épais. Monty bascula en avant dans la neige.

– Ouille ! fit-il en peinant pour se relever.

Une fillette appelée Pippa s'apprêtait à jeter une boule sur Jamie quand l'une de celles de Jack la frappa.

– Jamie Bennett ! C'est pas du jeu !

– C'est toi qui as commencé ! répliqua Jamie en riant.

Avant que Pippa puisse riposter, Jack toucha Caleb sur le côté du crâne.

– Oh ! gloussa Claude en se moquant de son frère.

Jack ne faisait que s'échauffer pour la bataille.

– Allez-y, tout le monde, c'est gratuit ! cria-t-il en fournissant des boules de neige à tous les enfants. OK, qui a besoin de munitions ?

– Aïe ! fit Monty qui avait encore été touché.

– Regardez-moi ça, dit Jack en admirant la bataille.

Jamie se servait de sa luge comme bouclier et s'éloignait à reculons lorsqu'il percuta un bonhomme de neige. Tous deux s'écroulèrent.

Soudain, Cupcake reçut une boule derrière la tête. Cupcake était la plus dure à cuire de toutes les filles de la classe. Les mains sur les hanches, elle scruta les alentours à la recherche du coupable.

– Grrrrrr ! grogna-t-elle.

Les boules de neige arrêtèrent de voler et tout le monde se retourna pour voir ce que Cupcake allait faire.

Pippa tressaillit.

– Zut, j'ai touché Cupcake.

– Elle a touché Cupcake ! annonça Monty en montrant Pippa du doigt.

– Tu as touché Cupcake ? surenchérit Claude.

Jamie était tétanisé. Cupcake le dévisageait comme si c'était lui qui avait jeté la boule de neige. Il allait se défendre quand une autre boule atterrit sur la fillette. Tous les enfants poussèrent un cri de terreur lorsque le projectile glacé et humide s'écrasa en laissant une traînée d'un bleu magique.

– Oh ! s'exclama Claude.

– C'est toi qui as lancé ça ? demanda Caleb à Monty.

– Non, répondit celui-ci en secouant la tête.

– C'était pas moi, assura Pippa.

L'ambiance était tendue mais, alors que la neige luisait du bleu magique de Jack Frost, la colère qui crispait le visage de Cupcake se changea en joie. Elle se mit à rire, puis elle commença à poursuivre les autres enfants, simplement pour s'amuser. Jamie rejoignit aussitôt la partie de rigolade et Jack se précipita à ses côtés, se délectant de cette joyeuse agitation.

– Oh, un peu glissant ! dit-il alors qu'ils atteignaient le sommet de la colline.

Il laissa une couche de glace dans son sillage. Tous les enfants tombèrent par terre, sauf Jamie qui atterrit sur sa luge.

– Ouuuah ! hurla-t-il, tandis que la luge glissait sur la glace.

– Aaaah ! fit Claude.

– Jamie, attention ! lança Pippa au garçon qui dévalait la pente de plus en plus vite sur sa luge.

– Arrête-toi ! brailla Caleb.

Mais Jamie continuait à glisser.

– Jamie ! Tourne, tourne ! cria Monty.

– C'est la rue ! avertit Pippa.

– Qu'est-ce que tu fais ? s'alarma Caleb.

– Arrête-toi ! Il y a des voitures ! insista Claude.

Jamie surgit d'entre les arbres et passa à toute allure devant une rangée de voitures garées.

Le tapis de glace de Jack s'étalait le long de la rue, envoyant Jamie droit sur la circulation.

– Hou, là ! fit ce dernier, qui venait d'éviter de peu un camion en marche.

Des meubles valdinguèrent de l'arrière du véhicule, provoquant un carambolage de quatre voitures. Jack jeta un coup d'œil aux dégâts et lança à l'adresse de Jamie :

– Ne t'en fais pas, p'tit gars, je suis là pour te rattraper.

Évidemment, Jamie ne l'entendait pas. Il était de plus en plus effrayé malgré l'optimisme de Jack :

– Accroche-toi ! Tout va bien se passer !

– Aaah ! hurla le garçon dont la luge avançait toujours plus vite. Non, non, non, non…

Il faillit percuter des gens sur le passage piétons et évita un couple qui promenait son chien.

Jack envoya plus de glace sur la voie, expédiant Jamie sur le trottoir.

– Suis-moi, p'tit gars ! Tourne à gauche.

– Moins vite ! lança un piéton à Jamie.

– Holà, holà, holà !

Jamie était incapable de contrôler sa luge.

– C'est Jamie Bennett ? demanda une femme à son amie au moment où il passait en trombe devant elles.

– Hé, fais attention ! cria celle-ci à Jamie en guise de réponse.

Un homme tendit le doigt, l'air admiratif.

– Regardez ce gamin ! s'exclama-t-il.

Jamie décolla du trottoir et atterrit de nouveau dans la rue, manquant de renverser le facteur.

Jack regarda le garçon. La peur se lisait sur son visage mais ses yeux trahissaient aussi son excitation. Il s'amusait bien et Jack le savait. Il dévia la trajectoire de la luge pour protéger Jamie d'un chasse-neige qui arrivait en face, puis il changea la direction du tapis de glace. Jamie vira sur une rampe gelée.

– Aaaaaah ! hurla-t-il en empruntant la montée et en s'élançant dans les airs.

Sa luge passa par-dessus la statue de Thaddeus Burgess, le fondateur de la ville.

Jamie rebondit sur la tête de la statue et retomba sans encombre – seulement une petite secousse et un dérapage – dans la neige, de l'autre côté.

– Mince alors ! s'exclama Pippa.

– Ouais ! confirma Jack, ravi, perché au sommet de la statue.

Les amis de Jamie se précipitèrent auprès de lui pour s'assurer qu'il était toujours en vie.

– Jamie ! cria Claude.

– Ouille... On dirait que c'est grave, Jamie, commenta Caleb en jetant un œil à l'endroit où le garçon avait atterri.

– Jamie, ça va ? demanda Pippa.

– Il va bien ? s'enquit Monty.

Jamie bondit de la luge. Il n'avait rien, pas même une égratignure.

– Wouuh ! fit-il, tout excité. Vous avez vu, les gars ? C'était génial. J'ai sauté et je suis passé sous un...

Le canapé qui avait volé hors du camion de meubles glissa devant eux, renversant Jamie sur son passage.

– Oups ! fit Jack.

– Oooh ! laissa échapper Claude en reculant brusquement.

Les enfants attendirent une deuxième fois de voir si leur ami avait survécu à la collision. Celui-ci se releva lentement de derrière le canapé, affichant un grand sourire... avec un trou en plus. Il leva sa dent en l'air.

– Cool ! se réjouit-il en la montrant à tout le monde. Une dent !

– Trop bien, dit Claude. Ça veut dire que tu vas recevoir de l'argent.

– De l'argent de la Fée des dents, précisa Caleb, jaloux.

– Moi, j'adore la Fée des dents, déclara Pippa.

Jack Frost était dépité, la Fée des dents lui avait volé la vedette.

– Oh non..., geignit-il.

– C'est carrément super ! lança Monty.

– Espèce de veinard, fit Claude.

– Vraiment veinard, approuva Caleb.

– Non ! objecta Jack Frost en secouant la tête.

C'était lui qui avait créé l'événement de la journée, pas la Fée des dents.

– Je dois la mettre sous mon oreiller, déclara Jamie en manipulant sa dent avec mille précautions.

– Moi aussi, j'aurais aimé perdre la mienne, commentèrent Caleb et Pippa en même temps.

– Hé, une seconde ! intervint Jack, dans tous ses états. Attendez, attendez ! Enfin, vous avez vu comme on s'est bien amusé ? Et ce n'était pas grâce à la Fée des dents, c'était grâce à moi !

– Une fois, j'ai perdu deux dents le même jour... Vous vous en souvenez ? dit Claude.

– Qu'est-ce que tu vas t'acheter ? demanda Cupcake à Jamie.

– Combien tu crois qu'elle va laisser sous ton oreiller ? s'enquit Caleb.

Jack observa les enfants, de plus en plus frustré. Des nuages menaçants se formèrent au-dessus de sa tête et le ciel se mit à gronder. Une bourrasque de neige commença à tomber.

– Rentrons, suggéra Pippa aux autres enfants. J'ai froid.

– Comment tu comptes dépenser ton argent ? demanda Claude à Jamie.

– J'ai les oreilles gelées, se plaignit Caleb, tandis que la température continuait de chuter.

– Je ne sens plus mes orteils, ajouta Claude. C'est l'heure d'un bon chocolat chaud.

Jack sauta au pied de la statue, tentant encore de rappeler aux enfants à quel point ils s'étaient bien amusés dans la neige. Ces derniers ne le remarquaient toujours pas et, les uns après les autres, ils rentrèrent chez eux.

Jack voulut bloquer le passage à Jamie en sautant devant lui.

– Qu'est-ce qu'il faut faire pour avoir un tout petit peu d'attention, ici ? s'agaça-t-il.

Zoum ! Jamie fonça à travers Jack.

Ce dernier resta interloqué une seconde.

Lorsqu'il regarda autour de lui, les enfants avaient disparu et il était seul dans la rue. Il s'assit, sentant le climat glacial qu'il venait lui-même de créer. Puis, rassemblant le vent pour se faire transporter, il s'envola au-dessus de la ville.

4

Jamie était dans sa chambre, il jouait avec un petit robot. Derrière sa tête, des dessins de soucoupes volantes, d'extraterrestres, du Bigfoot et d'autres créatures mythiques tapissaient le mur. Lorsqu'il était arrivé chez lui cet après-midi-là, Jamie s'était représenté volant en plein ciel sur sa luge, et ce dessin était désormais, lui aussi, épinglé au mur.

– J'ai sauté comme ça, c'était fantastique, et puis j'ai glissé sous une voiture et c'était génial, raconta-t-il à sa mère et à Sophie. Ensuite j'ai dévalé la colline à toute vitesse et j'ai zigzagué, zoum, zoum, zoum ! entre toutes les voitures, et puis la luge a foncé sur ça, ce truc, et je me suis retrouvé super-haut dans le ciel.

Jamie se servait du robot pour montrer à sa mère comment il avait volé. Sophie était assise par terre avec la chienne, écoutant l'histoire avec beaucoup d'attention.

– Et là, bam ! je me suis pris le canapé de plein fouet, et regardez, vous voyez ? Ah, ouille, aïe, aïe ! fit-il en ouvrant grand la bouche pour montrer que sa dent était tombée.

Sophie se leva d'un bond et tenta de mettre son doigt dans la bouche de Jamie.

Leur mère la tira en arrière.

– Ben dis donc ! dit-elle à Jamie. Ta dent est bien sous ton oreiller ?

Jamie posa son robot sur la table de nuit et attrapa son lapin en peluche préféré.

– Oui, répondit-il avec un sourire satisfait. Je suis prêt.

Sous son oreiller se trouvaient sa dent, un appareil photo et une torche.

Sa mère devina l'impatience dans son regard et elle le mit en garde :

– N'essaie pas de rester éveillé pour la voir, Jamie, sinon elle ne viendra pas.

– Mais je peux y arriver cette fois, lui assura-t-il. Tu veux m'aider, Sophie ? On pourrait se cacher pour voir la Fée des dents !

– Se cacher ! Se cacher, se cacher… scanda Sophie en courant dans toute la pièce.

Leur mère la prit dans ses bras. La chienne lécha le visage de Jamie.

– Maintenant, au lit, jeune homme, ordonna-t-elle en secouant la tête.

– Maman… se lamenta-t-il.

Mais la mère de Jamie était intransigeante sur l'heure du coucher. Elle porta Sophie jusque dans le couloir, fermant la porte de Jamie derrière elles.

Jack Frost était suspendu la tête à l'envers devant la fenêtre du petit garçon. Son souffle glacial givra la vitre. Au-dessus de lui, la lune illuminait le ciel.

– S'il y a quelque chose que je ne fais pas comme il faut, j'aimerais vraiment savoir ce que c'est, dit-il à la lune. Parce que j'ai *tout* essayé, et personne ne me voit jamais.

La lune resta silencieuse.

– C'est vrai, tu m'as débarqué ici, tu pourrais au moins me dire *pourquoi*.

La lune continua de briller, constante et immuable.

– À quoi bon perdre mon temps ? ronchonna-t-il en secouant la tête.

Il s'éloigna de la fenêtre de Jamie et sauta sur un poteau électrique. Tandis qu'il marchait sur les câbles, une vague de sable de rêve surgit derrière sa tête. Puis une autre passa sous son nez. Des nuées de sable de rêve l'entourèrent avant de s'introduire par les fenêtres des chambres des enfants endormis.

– Pile à l'heure, monsieur le Marchand de sable, sourit Jack.

Il courut le long d'un câble téléphonique pour rattraper une vague et la suivit. Derrière lui, un autre rêve de sable se transforma en dauphin et entra par une fenêtre toute proche. Et un autre encore descendit en piqué et franchit la fenêtre de Cupcake.

Cupcake dormait à poings fermés. Elle tenait dans ses bras une licorne en peluche, et ses rêves tourbillonnaient au-dessus de sa tête. Dans un songe, elle voyait une petite fille chevauchant une licorne qui galopait dans sa chambre.

Lorsque la pièce commença à s'assombrir, Cupcake, toujours endormie, ne bougeait pas d'un cil. Une silhouette aux contours vagues s'éleva de sous son lit.

Pitch, le croque-mitaine, était resté là, tapi dans le noir, attendant son heure. Et, à présent, il était prêt à passer à l'action.

Il laissa échapper un petit rire sinistre en observant le joyeux rêve de Cupcake.

– Oooh ! fit-il d'un ton moqueur. Il me semble avoir entendu le « clipiti-clop » d'une licorne. Quel rêve adorable ! poursuivit-il, ses fines lèvres se retroussant en un petit rictus. Et regardez-moi cette ravissante enfant. Elle est si mignonne, si pleine d'espoir, et elle s'émerveille si facilement, ajouta-t-il en levant les sourcils. Mais il manque juste un détail : un soupçon de terreur.

Pitch posa un doigt osseux sur la licorne du rêve de Cupcake. L'animal devint noir et se ratatina avant de se dissoudre complètement. Cupcake tressaillit dans son sommeil.

– Ha, ha, ha ! Je ne m'en lasserai jamais, hennit Pitch.

Il leva à nouveau le doigt et fit tournoyer le sable de rêve autour du lit de Cupcake, le changeant en sable de cauchemar noir.

– Prends conscience de ta peur, dit-il à Cupcake. Allez, allez, l'incita-t-il en la regardant gigoter et se tourner. Voilà, c'est bien.

Le sable noir se concentra pour former un cheval se cabrant. Le cauchemar s'était matérialisé.

– Ouiii ! siffla Pitch. Quel joli petit cauchemar ! Maintenant, je veux que tu ailles dire aux autres que l'attente est terminée, ordonna-t-il à l'effrayant cheval noir.

Puis il l'envoya par la fenêtre et celui-ci rejoignit les autres cauchemars qui se réunissaient dans les rues. Ils s'envolèrent tous ensemble loin de la ville.

Pitch sortit de la chambre de Cupcake et les regarda partir. Il marchait en zigzag, évitant soigneusement les rayons de lune. Depuis les ténèbres, il jeta un coup d'œil à l'astre et dit :

– Ne me regarde pas comme ça, ma vieille. Mes cauchemars sont enfin prêts. Peux-tu en dire autant de tes légendes ?

– Ouah !

Jack Frost marchait au-dessus de la ville et contemplait les nuées de sable de rêve qui se glissaient en silence dans une rangée de maisons quand, soudain, une silhouette aux contours vagues le dépassa à toute allure. Il sauta de son câble électrique pour mener son enquête.

Au début, il n'entendit que les voix des gens de la ville qui s'apprêtaient à rentrer chez eux pour la nuit.

– Tu as encore oublié de fermer les fenêtres ? demanda un homme à sa femme.

Jack n'entendit pas la réponse mais quelqu'un dans une autre maison dit :

– La porte du garage est grande ouverte.

Il déambula d'une maison à l'autre, toujours à la recherche de la silhouette invisible. Une fois de plus, quelque chose fusa devant lui. Comme il n'avait pas pu distinguer ce que c'était, il préféra sauter sur le toit d'un camion pour avoir un meilleur point de vue.

Zoum ! La chose venait de repasser. Une poubelle se renversa. D'un bond, Jack descendit du camion et fila dans une ruelle sombre derrière lui.

– Salut, l'ami.

Jack pivota pour voir à qui appartenait cette voix. Il plissa les yeux quand Bunny s'avança complètement dans la lumière.

Ce dernier prit la parole :

– Ça fait un bail. Depuis la tempête de 1968, si mes souvenirs sont bons. Un dimanche de Pâques, n'est-ce pas ?

– Bunny ? fit Jack, bouche bée. Ne me dis pas que tu es encore furieux à cause de cette histoire, si ?

– Si, répondit sèchement Bunny. Mais ce n'est pas pour ça que je suis ici. Les gars, appela-t-il en jetant un coup d'œil dans la ruelle.

Avant que Jack puisse réagir, une énorme patte poilue apparut et le souleva du sol.

– Hé ! protesta-t-il.

– Durbha wahla, baragouina un yéti, tandis qu'un second saisissait les bras de Jack.

– Reposez-moi !

Les yétis jetèrent Jack dans un sac. Le premier sortit une boule à neige et la fracassa par terre en disant :

– Durtal bardla burdlew.

Un portail magique s'ouvrit devant eux.

Les yétis firent signe à Bunny de passer en premier en marmonnant :

– Dward urghwetee.

– Moi ? s'étonna Bunny en se désignant du doigt. Jamais de la vie ! On se retrouve au Pôle.

Sur ce, Bunny tapa de son énorme pied et un terrier apparut dans le sol. Il sauta dedans.

– Bwarda arghl, articula un yéti avant de jeter Jack à travers le portail.

– Aaaaah ! résonna la voix de Jack alors qu'il tombait.

Les deux yétis sautèrent à sa suite.

Fée dirigeait ses opérations depuis la forteresse de Nord.

– Tanger ! Incisive du haut, au 421, rue de Barat ! Allez ! ordonna-t-elle à une minifée.

Soudain, le sac jaillit du portail et tomba dans un bruit sourd.

– Le voilà, annonça Nord.

Lorsqu'il rampa hors du sac, Jack découvrit Nord et Sab qui le dévisageaient.

Fée se tenait non loin de là, entourée d'une douzaine de minifées qui voltigeaient en tous sens, à l'écoute de ses ordres.

– Washington: on a un accident de trampoline au 1340, Ginger Lane, indiqua-t-elle à une fée. Une canine, une incisive latérale et une centrale. Aïe !

La petite fée s'en alla en vitesse. Nord se racla la gorge.

– Voilà Jack Frost, dit-il en désignant du doigt ce dernier.

Il l'accueillit les bras levés au ciel. Sab forma un flocon de neige avec du sable de rêve qui flottait au-dessus de sa tête.

– Ouah, j'y crois pas ! s'exclama Jack.

Les deux yétis tendirent les bras pour le relever et le maintenir debout.

– Hé, ho ! Oh, là ! Lâchez-moi.

– J'espère que les yétis t'ont correctement traité, déclara Nord.

– Oh, oui, répondit Jack sur un ton ironique. J'adore être fourré dans un sac et jeté à travers un portail magique.

– Ah, fort bien. C'était mon idée. Tu connais évidemment Bunny, ajouta Nord, quand le lapin entra dans la pièce.

– Évidemment, répliqua Jack.

Bunny se tenait en retrait, les pattes croisées, alors qu'un essaim de minifées entourait Jack.

– Et voici la Fée des dents, reprit Nord, soucieux de faire les présentations.

Fée vola vers Jack sans lui laisser le temps de répondre.

– Bonjour, Jack, le salua-t-elle. J'ai beaucoup entendu parler de toi. Et de tes dents.

– Mes, mes quoi ?

– Ouvre la bouche, ordonna-t-elle en se penchant beaucoup trop près. Est-ce qu'elles sont aussi blanches qu'on le dit ? Oui ! s'exclama-t-elle avec enthousiasme. Oh, mais c'est vrai qu'elles étincellent comme de la neige fraîchement tombée !

Quelques minifées se mirent à voleter comme des papillons autour du visage de Jack, tentant de jeter un coup d'œil dans sa bouche.

– Les filles, réprimanda Fée, un peu de tenue, ne déshonorons pas l'uniforme !

Nord poursuivit les présentations :

– Et le Marchand de sable.

L'architecte des rêves s'était endormi.

– Sab ! Sab, réveille-toi ! fit Nord en le secouant.

Sab se redressa brusquement et sourit à Jack.

– Est-ce que quelqu'un veut bien me dire ce que je fais ici ? demanda ce dernier, qui commençait à s'impatienter.

Sab fit apparaître des images en sable de rêve au-dessus de lui.

– Ça ne m'aide pas vraiment, lui dit Jack. Mais merci, petit homme. J'ai dû faire quelque chose de vraiment très mal pour vous avoir réunis tous les quatre, ajouta-t-il à l'adresse du groupe. Est-ce que je suis sur la liste des vilains garçons? demanda-t-il en s'arrêtant devant Nord après avoir fait le tour de la pièce.

– Sur la liste des vilains? lâcha Nord en s'esclaffant si fort que son ventre tressautait. Tu es même hors catégorie, tellement tu dépasses les bornes! Mais peu importe, poursuivit-il en prenant un air grave. On va fermer les yeux, disons qu'on repasse l'éponge à zéro, dit-il en mélangeant les expressions, comme à son habitude.

– Pourquoi ça? voulut savoir Jack.

– Bonne question, intervint Bunny.

– Pourquoi? Je vais vous dire pourquoi, déclara Nord. Parce que tu es désormais une légende, annonça-t-il en se tournant vers Jack.

Tandis que Jack restait planté là, parfaitement déconcerté, les yétis allumèrent des torches de cérémonie. Des lutins perchés sur des colonnes descendirent en déployant des bannières. Quelques-unes des minifées apportèrent des fleurs à Jack, qui les refusa.

– Qu'est-ce que vous faites? s'insurgea-t-il en les repoussant. Laissez-moi tranquille.

Des trompettes claironnèrent dans la pièce.

– C'est le meilleur moment, expliqua Nord à Jack.

Une fanfare de lutins fit son entrée et les yétis conduisirent Jack à l'endroit précis où il devait se placer. D'autres lutins lui apportèrent une paire de bottes de cérémonie.

Un yéti tendit un épais livre à Nord. Celui-ci souffla sur la poussière qui le recouvrait et commença à le feuilleter, à la recherche de la bonne page.

Jack donna un grand coup de son bâton sur le sol. Du givre et du vent envahirent brusquement la pièce. Tout le monde se figea et les torches s'éteignirent.

– Qu'est-ce qui vous fait croire que j'ai envie de devenir une légende ? demanda-t-il.

– Bien sûr que tu en as envie, gloussa Nord en faisant signe à la fanfare de reprendre. Musique !

– Non, pas de musique ! aboya Jack.

La fanfare renonça et, vexé, l'un des lutins jeta sa trompette par terre et sortit d'un pas bruyant.

– Écoutez, dit Jack aux gardiens, je suis vraiment très flatté mais, euh, il ne vaut mieux pas que je me joigne à vous, croyez-moi. Vous, vous travaillez dur et vous êtes sérieux, alors que, moi, je passe mon temps à faire des boules de neige et à m'amuser. Je ne suis pas une légende, ou un gardien, ou quoi que ce soit.

– C'est exactement ce que je leur ai dit ! approuva Bunny.

– Jack, intervint Fée en volant près de sa tête. Je ne

pense pas que tu comprennes ce que nous faisons, ajouta-t-elle en lui montrant l'énorme globe derrière lui. Chacune de ces lumières est un enfant.

– Un enfant qui croit, précisa Nord. Et, qu'ils soient bons ou mauvais, sages ou vilains, nous les protégeons. Fée, enlève tes doigts de sa bouche.

Une fois de plus, Fée examinait les dents de Jack : c'était plus fort qu'elle.

– Oh, pardon. Mais elles sont magnifiques, se justifia-t-elle en rougissant.

– D'accord, arrêtons de tourner autour du pot, reprit Nord. Pitch est quelque part dans les parages en train de faire Dieu sait quoi !

– Tu veux dire le croque-mitaine ? s'étrangla Jack.

– Oui ! Et, quand Pitch nous menace, il les menace eux aussi, expliqua Nord en pointant le doigt vers le globe.

– Raison de plus pour choisir quelqu'un de plus qualifié, dit Jack.

– Choisir ? s'énerva Nord. Tu crois qu'on a le choix ? Non, tu as été désigné comme nous tous ici. Par la lune.

– Quoi ? lâcha Jack, soudain interpellé.

– La nuit dernière, Jack, dit Fée. C'est elle qui t'a choisi.

– Peut-être, grogna Bunny.

– La lune te parle ? demanda Jack à Nord.

Il n'en revenait pas.

– Tu vois, tu ne peux pas refuser. C'est ton destin.

Face à tant de découvertes, Jack avait l'impression que sa tête allait éclater.

– Mais pourquoi ne m'a-t-elle pas dit tout ça elle-même ? soupira-t-il. Après trois cents ans, c'est ça, sa réponse ? Je suis condamné à passer *l'éternité*, comme vous, cloîtré dans un repaire, à chercher de nouveaux moyens de soudoyer des enfants ? Non, ce n'est pas pour moi... sans vouloir vous offenser.

– Ah bon ? C'est pas une offense ? ironisa Bunny. Tu sais ce que je pense, moi ? Je pense que tu viens de nous tirer dessus à boulet rouge. Non mais c'est vrai, qu'est-ce que ce clown sait sur le fait d'apporter de la joie aux enfants ?

Sur la défensive, Jack répliqua aussitôt :

– Euh, tu as déjà entendu parler des jours de neige ? Je sais que ça n'a rien à voir avec des œufs durs, mais les enfants aiment ce que je fais.

– Sauf qu'aucun d'eux ne croit en toi, je me trompe ? rétorqua Bunny tout bas en se penchant en avant vers Jack. Tu vois, tu es invisible, l'ami. C'est comme si tu n'existais même pas.

– Bunny ! Ça suffit ! intervint Fée en s'interposant entre lui et Jack.

– Non, la cloche de Pâques a raison, admit Jack.

– La, la quoi ? fit Bunny en le foudroyant du regard.

Comment est-ce que tu m'as appelé ? Je ne suis pas une cloche de Pâques, l'ami.

– Oh ! se moqua Jack. Et dire que je l'ai cru pendant tout ce temps. Mais, si tu n'es pas une cloche de Pâques, alors qu'est-ce que tu es ?

– Je suis un lapin, le Lapin de Pâques. Les gens croient en moi.

– Jack, dit Nord en avançant d'un pas pour interrompre la dispute, viens faire un tour avec moi.

5

Nord conduisit Jack dans un ascenseur qui ressemblait à une décoration de sapin de Noël. La porte s'ouvrit et ils pénétrèrent dans la fabrique de Nord.

Jack passa en revue les yétis, les lutins et les jouets.

– Ça n'a rien de personnel, Nord, déclara-t-il. Ce que vous faites tous… C'est juste que… Ce n'est pas mon truc.

– La lune prétend le contraire. On verra bien.

Nord traversa la fabrique à grands pas. Jack peinait à le suivre ; il était distrait par tout ce qu'il voyait.

– Ralentis, s'il te plaît, implora-t-il, pantelant. Ça fait des années que j'essaie de m'introduire ici, j'aimerais bien avoir le temps d'admirer.

– Qu'est-ce que tu entends par « t'introduire » ? demanda Nord sans pour autant ralentir.

– Ne t'en fais pas, je n'ai jamais réussi à passer les yétis.

Non loin de là, un yéti fit claquer son poing dans sa paume et grogna un avertissement :

– Grrroarr !

– Salut, Phil ! lança Jack avec un sourire.

– Suis-moi, arrête de traîner ! s'impatienta Nord, qui en avait assez des simagrées de Jack.

Ce dernier tenta de suivre le rythme, mais il y avait tellement de choses à regarder… Des yétis fabriquaient des jouets et déplaçaient des paquets, tandis que des lutins faisaient des essais de pilotage avec des engins volants.

– Ouah ! fit Jack en esquivant un jouet en forme de canard. J'ai toujours cru que c'étaient les lutins qui fabriquaient les jouets.

– C'est ce qu'on leur laisse croire, expliqua Nord avant de jeter un coup d'œil par-dessus son épaule.

Jack suivit son regard et découvrit des lutins en train de manger des guirlandes de Noël.

– Très bien ! Beau boulot, continuez comme ça ! les encouragea Nord.

À mesure qu'ils s'enfonçaient dans la fabrique, des yétis et des lutins apportaient des jouets à Nord pour vérification. L'un d'entre eux lui tendit un robot bleu.

– Je n'aime pas, trancha-t-il. Peignez-les en rouge. Approchez, tout le monde, ordonna-t-il ensuite d'une voix tonitruante.

La fabrique rugissait tellement l'activité y était intense. Nord et Jack pénétrèrent alors dans l'atelier de Nord.

Les étagères étaient chargées de croquis, de pièces détachées et de jouets. Sur son plan de travail étaient disposés des cubes de glace avec lesquels il sculptait des prototypes.

Lorsque Nord retroussa ses manches, Jack aperçut les mots «méchant» et «gentil» tatoués sur ses bras. Le Père Noël prit une assiette des mains d'un lutin et proposa une part de cake aux fruits confits à Jack.

– Euh, sans façon, merci, refusa celui-ci.

Nord jeta l'assiette à travers la pièce, qui s'écrasa contre le mur dans un grand fracas. Puis, les yeux mi-clos, il fixa Jack.

– Bon, venons-en aux choses sérieuses.

– Aux choses sérieuses? répéta Jack tout bas.

Nord fit craquer ses doigts et Jack se tut. Une rafale de vent ferma la porte du bureau, qui se verrouilla toute seule. Nord s'approcha de Jack. À chacun de ses pas, ce dernier reculait, jusqu'à ce qu'il se retrouve le dos contre la porte fermée.

– Qui es-tu, Jack Frost? Quel est ton centre? l'interrogea Nord en lui martelant la poitrine du bout du doigt.

– Mon *centre*? demanda Jack en regardant le gros doigt de Nord.

– Si la lune t'as choisi, *toi*, pour être un gardien, une légende, c'est que tu dois avoir quelque chose de vraiment spécial au fond de toi. Hmmm, fit-il en s'emparant d'un jeu de poupées russes à son effigie. Regarde, c'est comme ça que tu me vois en ce moment : très grand, intimidant. Mais, si tu en viens à me connaître un peu... (Il tendit la poupée à Jack.) Eh bien, vas-y.

D'un air interrogateur, Jack posa son bâton de côté et ouvrit la première poupée. À l'intérieur, il en découvrit une deuxième, toujours à l'image de Nord ; cette fois, il s'agissait d'un Père Noël joyeux aux joues rouges.

– En fait, tu es très jovial, constata Jack.

– Ah, mais pas simplement jovial... répliqua Nord en invitant Jack à continuer à ouvrir les poupées.

Elles devenaient de plus en plus petites à mesure que Jack les ouvrait. Elles étaient toutes à l'image de Nord, avec de légères différences.

– Je suis également mystérieux, dit Nord en désignant l'une des poupées. Et intrépide, ajouta-t-il en en montrant une autre. Et bienveillant (encore une autre). Et puis, au centre...

La plus petite poupée n'était pas plus grande qu'un haricot.

– C'est un minuscule bébé en bois ? plaisanta Jack.

– Regarde de plus près. Qu'est-ce que tu vois ?

– Que tu as de grands yeux ?

– Exactement ! dit Nord, ravi. De grands yeux. De *très* grands yeux ! Parce qu'ils s'émerveillent tout le temps. C'est ça, mon centre. C'est ce avec quoi je suis né : des yeux qui ont toujours su voir ce qu'il y a de merveilleux en toute chose !

D'un mouvement de bras, Nord donna vie à tous les jouets qui se trouvaient sur les étagères. Des diables à ressort jaillirent de leur boîte, des trains firent le tour de la pièce à toute allure, des soldats se mirent à défiler. Des avions miniatures fusèrent. Un ballon s'éleva, emportant un lutin.

– Des yeux qui voient de la lumière dans les arbres et de la magie dans l'air.

Un petit avion fit du sur-place devant lui avant de s'éloigner.

– Cet émerveillement, je l'introduis dans le monde et je le préserve chez les enfants. C'est ce qui fait de moi une légende, un gardien des rêves de l'enfance. C'est mon centre, poursuivit Nord en regardant Jack. Et toi, quel est ton centre ?

– Je ne sais pas.

Jack baissa les yeux vers le tout petit Père Noël de bois dans sa paume. Nord tendit le bras et referma la main de Jack sur la poupée, lui signifiant, en silence, de la garder.

Soudain, Bunny arriva en courant.

– On a un problème, l'ami, annonça-t-il, paniqué. Du grabuge au palais de Fée.

Nord conduisit Bunny, Sab et Jack au hangar du traîneau sur-le-champ. Fée était déjà partie pour son palais. Plusieurs yétis entrèrent en hâte pour préparer le lancement du véhicule.

– Les garçons, je veux un travail vite fait bien fait, ordonna Nord aux yétis. Remuez-vous !

– Nord, Nord ! appela Jack qui s'écarta du chemin quand un yéti passa en trombe. Je vous l'ai dit, je ne viens pas avec vous, les gars. Il est hors de question que je monte dans un vieux traîneau bran…

Un bruit assourdissant de sabots et de rennes qui s'ébrouaient lui coupa le sifflet.

Le traîneau était fantastique. Il était énorme et rutilant. Ce n'était pas un simple traîneau – c'était un vrai bolide entièrement équipé de gadgets de toutes sortes.

– Ouah ! fit Jack, incapable d'articuler quoi que ce soit d'autre.

Nord fit arrêter les gigantesques rennes.

Le traîneau s'immobilisa et les yétis terminèrent leurs préparatifs pour le décollage.

– D'accord, déclara Jack qui rêvait de monter pour jeter un œil à l'intérieur. On fait un tour, mais c'est tout.

Il grimpa à bord.

– Le traîneau, tout le monde aime ça, commenta Nord en adressant un sourire et un signe de tête à Sab.

Ce dernier monta, lui aussi, et prit place à l'arrière, comme d'habitude. Saisissant les rênes, Nord les enroula autour de ses bras puissants, puis se tourna vers Bunny qui n'était pas encore monté.

– Bunny, qu'est-ce que tu attends ? demanda Nord.

– Je crois que mes tunnels seront plus rapides, l'ami. Et, euh, plus sûrs.

– Oh, allez, grimpe. Et attache ta ceinture, s'impatienta Nord en empoignant Bunny et en le hissant à bord.

Le Lapin regarda frénétiquement autour de son siège.

– Oh, là ! Oh, là ! Oh, là ! Où sont les ceintures ?

– C'était juste une façon de parler, se moqua Nord. Sommes-nous prêts ? demanda-t-il aux yétis.

L'un d'eux secoua la tête mais Nord l'ignora et fit claquer ses rênes.

– Bien ! cria-t-il. Allons-y ! Dégagez le passage !

Lutins et yétis se dispersèrent tandis que le traîneau descendait une longue piste en pente. Nord et Jack se délectaient de la vitesse, mais Bunny se pelotonnait contre Sab.

– Écartez-vous, brailla Nord aux lutins sur le passage. Yah !

Il secoua les rênes et l'attelage accéléra. Le traîneau s'élança dans le ciel, presque à la verticale durant quelques secondes, puis redescendit en piqué. Sab grimaça et Jack poussa un cri d'euphorie. Nord tira sur un levier et envoya le traîneau sur une piste en forme de vrille.

– J'espère que vous aimez les loopings ! dit-il.

– Moi, j'espère que vous aimez les carottes, rétorqua Bunny, devenu tout vert et sur le point de vomir son déjeuner.

– C'est parti ! lança Nord.

Le traîneau atteignit le bout de la piste et décolla dans le ciel d'un bleu éclatant.

– Youhouuu ! hurla Jack en levant les bras en l'air.

– *Klassno !* se réjouit Nord.

Jack sauta à l'arrière du traîneau pour voir le pôle Nord disparaître alors qu'ils filaient à travers le ciel.

– Hé, Bunny ! appela-t-il en se penchant dangereusement. Regarde cette vue !

Soudain, Jack bascula par-dessus bord.

– Aaaarghh !

Bunny en eut le souffle coupé et osa à peine regarder en bas, pensant que Jack était tombé. Mais il le découvrit tranquillement allongé sur le patin du traîneau.

– Ah, donc tu te préoccupes de mon sort, constata Jack avec un sourire.

Bunny lui lança un regard assassin, quand il regagna sa place.

– Accrochez-vous, tout le monde. Je connais un raccourci ! lança Nord en faisant claquer les rênes.

– Je savais qu'on aurait dû prendre les tunnels, grogna Bunny.

Nord leva une boule à neige et s'adressa à elle :

– Au palais de Fée !

Une image du château emplit la boule et un portail géant s'ouvrit dans le ciel.

– Yaaah ! cria Nord.

Et le traîneau fut aspiré à travers le tourbillon.

L'attelage réapparut devant le palais de Fée. Le ciel était zébré de noir autour du somptueux château.

– Quoi ? laissa échapper Nord, qui n'en croyait pas ses yeux. Qu'est-ce que c'est que ça ?

En y regardant de plus près, Jack remarqua que les zébrures étaient en réalité des chevaux de sable noir – des cauchemars.

Des minifées passèrent devant le traîneau, poussant des cris de terreur.

Sab et Bunny se baissèrent pour se protéger lorsque des cauchemars fondirent dans leur direction.

– Oh, là ! s'écria Bunny.

– Ils enlèvent les minifées ! avertit Jack en indiquant du doigt une nuée de cauchemars qui pourchassaient un groupe de fées pour finalement les engloutir dans les ténèbres.

Une fée esseulée volait tout près, un affreux cauchemar à ses trousses. Jack tendit le bras et la secourut avant que le cauchemar puisse l'avaler.

– Hé, Bébé Fée, tu vas bien ? lui dit Jack en la tenant éloignée des cauchemars.

Bébé Fée hocha la tête. Nord fit entrer le traîneau dans le palais de Fée. Il y avait des piliers à perte de vue et chacun d'eux contenait des millions de boîtes dans lesquelles étaient conservées des dents de lait.

À l'intérieur, Nord tendit les rênes du traîneau à Jack.

– Tiens, lui dit-il. Prends le relais.

– Hein ? lâcha Bunny.

– Yeehaaa ! exulta Jack en s'emparant des rênes.

Nord dégaina ses épées et trancha un cauchemar en deux.

– Yah ! cria-t-il, quand ce dernier s'ouvrit et que des centaines de boîtes pleines de dents s'éparpillèrent dans le traîneau.

Le cauchemar se désintégra.

– Ils volent les dents ! s'écria Bunny.

Sab regarda en direction de l'endroit où le cauchemar avait disparu. Ce dernier s'était transformé en grains de sable noir, mais ils s'agglméraient déjà. En quelques secondes, un autre cauchemar se forma.

Les gardiens levèrent la tête juste au moment où Jack allait emboutir le traîneau contre l'un des piliers.

– Jack ! Attention ! hurla Nord.

Jack tira sur les rênes.

– Aaah !

Le traîneau vira, rasa le pilier et atterrit violemment sur une plate-forme. Fée volait juste au-dessus des gardiens et de Jack.

– Fée ! appela Nord. Tu vas bien ?

– Ils ont pris mes minifées, vociféra-t-elle en décrivant des cercles, désarmée et furieuse. Et les dents aussi, toutes ! Tout a disparu ! *Tout !*

Elle était abattue et ses ailes retombèrent. Les légendes se réunirent autour d'elle. Bébé Fée surgit de la capuche du manteau de Jack et vola jusqu'à Fée.

– Oh, merci, mon Dieu ! Au moins l'une de vous est sauve ! s'exclama-t-elle en levant ses yeux baignés de larmes sur la petite fée.

La voix de Pitch, qui se tenait au-dessus d'eux, gronda à travers l'immense pièce :

– Je dois dire que c'est vraiment très excitant, lança-t-il avec un sourire suffisant : les quatre légendes réunies au même endroit. J'en suis tout ému. (Son ricanement résonna.) As-tu apprécié ma performance sur le globe, Nord ?

Mais Pitch poursuivit sans lui laisser le temps de répliquer.

– C'est moi qui vous ai réunis, n'est-ce pas ? dit le croque-mitaine.

– Pitch ! Tu as trente secondes pour me rendre mes fées !

– Sinon quoi ? résonna la voix de Pitch, alors qu'il regagnait les ténèbres en vitesse.

Fée suivit l'écho et le trouva près d'une des colonnes qui renfermaient ses boîtes à dents.

– Tu vas cacher quelques centimes sous mon oreiller ? se moqua-t-il avant de disparaître à nouveau.

– Pourquoi fais-tu ça ? demanda Nord.

Avec la rapidité et l'aisance d'une ombre, Pitch s'était retranché à l'autre bout du palais. Il avançait lentement vers le centre de la salle.

– Peut-être que je veux ce que vous avez, répondit-il. Qu'on croie en moi. Peut-être que j'en ai assez de me cacher sous les lits.

– Peut-être que c'est là qu'est ta place, suggéra Bunny.

– Ah, toi, le Lapin, étouffe-toi avec tes œufs ! riposta Pitch.

Bunny regarda par-dessus le bord de la plate-forme sur laquelle il se tenait et aperçut Pitch, pendu la tête à l'envers. Le croque-mitaine lui adressa un clin d'œil, puis s'en alla plus loin.

– Attendez une minute, ne serait-ce pas Jack Frost ? remarqua-t-il en riant. Depuis quand êtes-vous tous si copains ?

– On ne l'est pas, rétorqua Jack.

– Ah, bon. (Jack se retourna et découvrit Pitch tout près de lui.) Une personne neutre. Dans ce cas je vais t'ignorer : tu dois en avoir l'habitude, maintenant.

– Pitch ! s'écria Bunny, furieux. Espèce de peau de vache toute noire ! Viens ici !

Bunny bondit à la poursuite de Pitch mais, une fois de plus, celui-ci se volatilisa pour réapparaître plus loin. C'est Fée qui le repéra la première. Elle s'empara d'un des boomerangs de Bunny et, folle de rage, fonça vers Pitch.

– Aaaah !

Avant qu'elle l'atteigne, Pitch envoya un énorme cauchemar dans sa direction. Elle recula et Bébé Fée se réfugia sous le pull de Jack.

– Oh ! dit Pitch au cauchemar. Tout doux, ma jolie. Tout doux.

Il passa ses doigts dans la crinière de la jument de sable puis, une poignée de poudre noire dans la main, il se tourna vers Sab.

– Ça te dit quelque chose, Marchand de sable ? J'ai mis un sacré bout de temps à mettre au point ce petit tour : transformer les rêves en cauchemars.

Les gardiens laissèrent échapper un hoquet de stupeur.

– Ne soyez pas si tendus, ça ne fait que les énerver davantage, gloussa Pitch. Ils sentent la peur, vous savez.

– Quelle peur? répliqua Bunny. Peur de *toi*? Personne n'a plus eu peur de toi depuis l'âge des ténèbres.

L'espace d'un instant, les yeux de Pitch lancèrent des éclairs et Jack comprit que sa seule raison de vivre était d'effrayer les gens. Le croque-mitaine finit pourtant par esquisser un sourire.

– L'âge des ténèbres, dit-il en songeant au passé. Tout le monde terrorisé, malheureux... Quelle époque formidable pour moi! Oh, le pouvoir que je détenais! Ensuite vous avez débarqué, poursuivit-il. Avec votre émerveillement et votre lumière, vous leur avez mis du baume au cœur et donné de l'espoir! Et c'est à partir de ce moment-là que je n'ai plus été qu'un mauvais rêve pour tout le monde. « Oh, on n'a rien à craindre. Le croque-mitaine, ça n'existe pas. » Eh bien, tout ça va changer maintenant.

Un craquement retentit dans la salle. Les légendes se retournèrent et virent une magnifique colonne s'effondrer.

– Regardez! applaudit Pitch. Ça commence déjà.

– De quoi tu parles? demanda Jack.

– Les enfants se réveillent et s'aperçoivent que la Fée des dents n'est pas passée, expliqua Pitch. C'est dérisoire, mais pour un enfant...

– Qu'est-ce qui se passe? s'écria Jack en reculant d'un bond au moment où d'autres colonnes tombairent.

Tout le palais était en train de s'écrouler.

– Ils ne croient plus en moi, admit Fée, la voix pleine de chagrin.

– Ils ne t'ont rien dit, Jack ? fit Pitch. C'est formidable d'être une légende, mais il y a un piège. Si un nombre assez important d'enfants cessent de croire, le palais et les pouvoirs des légendes s'envoleront. Et, petit à petit, elles aussi disparaîtront.

Jack y voyait de plus en plus clair, et il en resta muet d'effroi.

– Plus de Noël, plus de Pâques, ni de petites fées qui passent dans la nuit, poursuivit Pitch. Il n'y aura plus rien excepté la peur, les ténèbres et moi ! C'est à votre tour de ne plus être des objets de croyance !

Bunny entreprit de lancer ses boomerangs sur Pitch, mais celui-ci lui échappa en s'envolant à travers le palais sur le dos d'Onyx, son cauchemar préféré.

Les gardiens le suivirent. Jack fermait la marche.

Catapultant des œufs, Bunny tenta de ralentir Pitch : les projectiles explosaient dans le vide.

– Il est parti, constata Nord en fixant l'endroit où Pitch avait disparu.

6

Fée s'assit, une boîte à dents vide dans la main. Bébé Fée était étendue près d'elle, sur une boîte cassée.

Jack les rejoignit et s'accroupit à côté de Fée.

– Bon, d'accord, j'avoue, concéda Bunny en s'adressant à Nord. Tu avais raison au sujet de Pitch.

– Pour une fois, j'aurais préféré avoir tort, rétorqua Nord. Mais il va payer pour ce qu'il a fait.

– Je suis désolé pour les minifées, dit Jack.

– Tu aurais dû les voir, soupira Fée. Elles se sont si bien battues.

– Pourquoi est-ce que Pitch a pris les dents ?

– Ce ne sont pas les dents qu'il voulait. Ce sont les souvenirs qu'elles renferment.

– Comment ?

Fée invita Jack à traverser le lagon du palais. L'eau se figeait en glace à chacun de ses pas.

– C'est pour ça qu'on récupère les dents, Jack, expliqua Fée. Elles contiennent les plus précieux souvenirs de l'enfance.

Fée lui montra une fresque murale qui représentait les souvenirs collectés.

– Mes petites fées et moi veillons sur eux et, quand quelqu'un a besoin de se rappeler un événement important, nous l'y aidons. Nous conservions les souvenirs de tout le monde ici, même les tiens.

– Mes souvenirs ?

– Depuis ton enfance, approuva Fée. Avant que tu deviennes Jack Frost.

– Mais je n'étais personne avant de devenir Jack Frost, dit-il en secouant la tête.

– Bien sûr que si. Nous étions tous quelqu'un avant d'être choisis.

– Quoi ? fit Jack, qui n'était pas sûr de tout comprendre.

– Tu aurais dû voir Bunny, intervint Nord en gloussant.

– Hé, je t'ai demandé de ne jamais en parler ! rouspéta Bunny.

Jack peinait à digérer toutes ces informations.

– Cette nuit-là, à l'étang… Je croyais juste… mais…

je pensais… Est-ce que vous êtes en train de me dire… Vous me dites que j'avais une vie avant? Et un foyer? Et une famille?

– Tu ne t'en souviens vraiment pas? s'étonna Fée.

Jack avait l'air interloqué.

– Toutes ces années passées à les chercher alors que les réponses étaient juste ici, dit-il en regardant le château dévasté autour de lui. Si je retrouvais mes souvenirs, je pourrais savoir ce que je fais là.

Le vent fit décoller Jack au-dessus du lagon. Il était prêt à suivre Fée jusqu'à ce qu'elle le conduise à son tiroir à souvenirs.

– Il faut que tu me les montres, la pressa-t-il.

– Je ne peux pas, Jack. C'est Pitch qui les détient.

– Alors on doit les récupérer! dit-il en jetant un coup d'œil par-dessus son épaule à la vieille fresque qui commençait à se désintégrer.

– Oh non, les enfants! s'écria Fée. On les perd. C'est trop tard.

– Non et non! Il n'est jamais trop tard, objecta Nord. Attendez. J'ai une idée! Hé, hé! On va tous récolter les dents.

– Quoi? s'exclama Fée.

– On récupère les dents, et les enfants continuent à croire en *toi*! déclara Nord.

– On parle de sept continents, précisa Fée, de millions d'enfants.

– Oh, je t'en prie ! Tu sais combien de jouets je distribue en une nuit ?

– Et combien d'œufs je cache en un jour ? ajouta Bunny.

– Jack, si tu nous aides, on retrouvera tes souvenirs, dit Nord.

Jack se tourna vers Fée, qui donna son approbation. Sab leva le pouce pour signaler qu'il était d'accord. Bunny se contenta de grogner. Jack pivota à nouveau vers Nord et sourit.

En Chine, dans la ville de Shanghai, Nord jaillit d'une cheminée et traversa le toit en courant.

– Vite ! Vite ! dit-il à Bunny qui arrivait sur le toit d'à côté.

– On y va, on y va, scanda ce dernier.

Jack le dépassa en trombe.

– Un peu de nerf, le Lapin. J'ai cinq dents d'avance !

– Ouais, cause toujours. Tu vois, je te dirais bien de t'écarter de mon chemin mais, franchement, à quoi ça servirait ? Dans tous les cas, tu ne vas pas tenir la cadence, rétorqua Bunny.

– Est-ce que tu me mets au défi, Lapinou ?

– Je ne te conseille pas de faire la course avec un lapin, l'ami.

– Une course ? intervint Nord. Vous faites une course ? Il va y avoir du spectacle !

Fée filait dans tous les sens, talonnée par Bébé Fée qui avait du mal à la suivre.

– Quatre prémolaires par là ! dit-elle en pointant du doigt vers la gauche. Une incisive à deux pâtés de maisons à l'est ! Est-ce que c'est une molaire, ça ? Il y en a partout !

Elle était submergée par l'ampleur de la tâche rien que pour cette ville. Elle s'envola du toit et fonça dans un panneau publicitaire faisant de la promotion pour du dentifrice.

– Aïe, gémit-elle en se frottant la tête.

– Ça va ? demanda Jack, qui avait bondi sur le panneau pour s'assurer qu'elle allait bien.

– Oui. Désolée, il y a un bon moment que je n'ai pas travaillé sur le terrain.

– Quand tu dis un bon moment, ça veut dire combien de temps ?

– Quatre cent quarante ans, à peu de chose près.

Jack n'eut pas le temps de répondre car Fée remarqua une petite lueur sous l'oreiller d'une fillette dans une chambre non loin de là et, sans prononcer un mot de plus, elle partit en trombe.

Dans une chambre faiblement éclairée, Jack s'apprêtait à récupérer une dent lorsque Bunny surgit d'un trou dans le sol. Le Lapin s'empara de la dent et déguerpit.

Dans la ville suivante, Nord découvrit deux dents sous un oreiller. Il les empocha.

– Youpi ! s'exclama-t-il, triomphant, en se dépêchant de partir.

Dans une autre chambre encore, Bunny récolta plusieurs dents sous l'oreiller d'un enfant endormi.

– Jackpot !

Il jeta un coup d'œil dans la pièce. Il y avait des posters de hockey sur les murs et les étagères étaient chargées de trophées.

– On dirait que tu es un sacré champion, l'ami, constata Bunny.

Nord se tenait au chevet d'un garçon.

– C'est un jeu de gâteau ! dit-il à voix basse, mélangeant encore une fois les expressions.

Mais, alors qu'il tendait le bras, Bunny sortit d'un terrier creusé dans le sol. Pendant que les deux gardiens se disputaient la dent, Sab se glissa entre eux et s'en empara.

– C'est ma dent ! hurla Nord – toujours en chuchotant – au Marchand de sable. Sab ! Sab !

Bunny continua sa mission de sabotage contre Jack. Quand celui-ci s'introduisit dans une nouvelle chambre, le Lapin ouvrit le passage d'un terrier et Jack tomba dedans. Bunny prit la dent et disparut dans un autre terrier.

Fée passa la main sous l'oreiller d'un enfant et en sortit une dent. Elle était parfaite, mais il y avait une souris suspendue à la racine. Bébé Fée sauta immédiatement sur la souris et la secoua pour lui faire lâcher la dent.

– Oh, là ! Oh, là ! dit Fée en l'écartant. Du calme, championne. On est du même côté, elle fait partie de la division européenne. Ça va ? demanda-t-elle à la petite souris.

Dans une autre ville encore, Bunny s'apprêtait à récolter sa prochaine dent mais, à la place, lorsqu'il glissa la patte sous l'oreiller de l'enfant, il trouva un mot. Sur le bout de papier était dessinée une flèche qui pointait vers la fenêtre. Bunny suivit des yeux la direction qu'elle indiquait. Il découvrit Nord tout sourire, la dent de l'enfant à la main.

– Hein ? lâcha le Lapin, surpris, pendant que Nord se précipitait vers une autre maison.

Bunny venait de récupérer une dent. Celle-ci était à lui et à personne d'autre ! Pourtant, quand il atteignit le toit, il entendit le craquement d'une couche de glace sous ses pattes.

– Mince !

Il commença à déraper. En dégringolant du toit pentu et glissant, il croisa Jack qui n'eut qu'à tendre le bras pour lui chiper la dent.

– Oui ! exulta celui-ci.

Toutefois, une seconde plus tard, un nuage de sable de rêve l'enveloppa.

Sab lui fit au revoir de la main et lui faucha son trophée.

Nord descendit dans la cheminée d'une maison de campagne. Il était impatient de récupérer cette dent pour augmenter son butin. Quand il atterrit sur les bûches de l'âtre, une patte duveteuse s'avança.

– Ha, ha, ha ! Ho, ho ! s'esclaffa Bunny en allumant le feu.

– Aaah ! hurla Nord, en sortant en trombe de la cheminée brûlante pour rejoindre le toit, plus sûr et plus frais.

Nord, Sab, Jack et Bunny se rassemblèrent sur un toit. Ils s'étaient bien amusés en faisant la course et chacun avait un gros sac bien rempli.

– Ouah ! souffla Fée, impressionnée. Vous récoltez les dents et déposez les cadeaux aussi vite que mes troupes, les gars.

Le petit groupe échangea un regard. Fée remarqua leur expression paniquée et demanda :

7

Le super-robot de Jamie montait la garde sur sa table de nuit. La langue du garçon endormi passait par le nouveau trou entre ses dents.

Fée voletait au-dessus de la tête de Jamie. Jack, lui, se tenait près du lit.

– Incisive centrale gauche. Perdue dans un spectaculaire accident de luge. Je me demande comment ça a pu se produire... fit-elle, songeuse.

Jack rit en voyant le dessin que Jamie avait accroché au mur; celui qui le représentait sur sa luge, en plein saut, bombardant ses amis de boules de neige.

– Ah, les enfants... rougit-il.

Fée regarda le garçon qui rêvait paisiblement.

– Ça a toujours été ce que je préférais... Je veux dire : observer les enfants. Pourquoi diable n'ai-je pas continué ? ajouta-t-elle après une pause.

– Ce n'est pas la même chose, de près, hein ? remarqua Jack qui constatait à quel point Fée aimait son travail.

– Merci d'être là, Jack, répondit-elle en hochant la tête. Je regrette de ne pas avoir su que tu avais perdu la mémoire. J'aurais pu t'aider.

– Bon, écoute, commençons par nous occuper de toi. Ensuite, ce sera au tour de Pitch.

Soudain, un bruit à l'extérieur attira leur attention. Fée et Jack se tournèrent ensemble vers la fenêtre.

– Ah, vous voilà ! s'exclama Nord qui traînait un énorme sac sur son épaule.

Le rebord de fenêtre grinça lorsqu'il se contorsionna pour entrer. Sab et Bébé Fée le suivaient.

– Quoi de neuf, les traînards ? demanda Nord.

– Chuuut ! souffla Fée, car Jamie dormait encore à poings fermés.

– Comment te sens-tu, petite Fée ? s'enquit Nord à voix basse.

– Je me sens comme quelqu'un en qui l'on croit.

– Ha, ha ! rit discrètement Nord. C'est ce que je voulais entendre.

– Oh, je vois... intervint Bunny qui venait d'arriver

par son terrier. Vous vous êtes tous ligués pour que le Lapin arrive en dernier.

– Chuuut! le rabroua Nord en posant le doigt sur ses lèvres.

– Tu crois que j'ai besoin d'aide pour battre un lapin? dit Jack en levant son sac rempli de dents. Vise un peu, Bugs Bunny.

– Tu appelles ça un sac rempli? rétorqua Bunny dont le ballot était encore plus gros. *Ça*, c'est un sac rempli?

– Messieurs! Messieurs! les interrompit Nord. Il s'agit d'aider Fée. Ce n'est pas une compétition! Mais si c'était le cas... (Son sac était le plus gros de tous.) j'aurais gagné. Yeehaa!

Nord se mit à danser la polka dans la chambre de Jamie. Quand, soudain, une vive lumière fut braquée sur son ventre.

– Oh, non! lâcha-t-il en s'arrêtant de danser.

– Père Noël? demanda Jamie en se frottant les yeux, avant de se redresser dans son lit, une torche à la main, et d'inspecter la pièce. Le Lapin de Pâques? Le Marchand de sable? La Fée des dents? Je savais que vous viendriez!

– Surprise! lança Fée, comme si tout cela était parfaitement normal. Eh oui, nous sommes venus!

– Il nous voit? s'étonna Jack.

Jamie balaya la chambre du regard, complètement

ébahi. Il examina tout le monde, excepté Jack, toujours invisible à ses yeux.

– La majorité d'entre nous en tout cas, répondit Bunny.

– Chuuut, les avertit Fée. Les gars, il est encore éveillé.

– Sab, assomme-le, suggéra Bunny.

– Hein ? fit Jamie qui se pelotonna sous ses couvertures.

– Avec le sable de rêve, bande d'andouilles, précisa Bunny en secouant la tête.

À ce moment-là, la chienne de Jamie se réveilla, bâilla et renifla l'air près de Bunny.

– Non, dit Jamie à la chienne. Arrête ! C'est le Lapin de Pâques. Qu'est-ce que tu fais, Abbey ? Descends !

Elle colla sa truffe contre le museau de Bunny.

– OK. Personne ne panique.

– Mais c'est un lévrier, déclara Jack qui trouvait la scène très drôle. Vous savez ce que font les lévriers aux lapins ?

– Je suis prêt à parier qu'elle n'a jamais croisé de lapin comme moi, répliqua Bunny.

Sab créa une balle de base-ball en sable de rêve. Jack roula des yeux et remarqua un réveil sur la table de chevet.

– Un mètre quatre-vingt-cinq, des nerfs d'acier, un maître du tai-chi et de l'art ancien du… poursuivit Bunny.

Jack ne put résister plus longtemps : il tendit le bras

et appuya sur le bouton d'alarme du réveil à l'aide de son bâton. Driiiinng!

– Crotte! s'exclama Bunny alors qu'Abbey bondissait sur lui.

Il se mit à sautiller à travers toute la chambre, le lévrier tentant de lui mordre la queue.

– Arrête! Assise! ordonna Jamie. Aux pieds, fifille! Aux pieds!

La chienne poursuivit Bunny par-dessus le lit et jusque sur les murs. De son côté, Fée se débattait avec le réveil pour l'arrêter.

– Sab! s'écria Nord, pressant le Marchand de sable pour qu'il lance la balle au chien et mette un terme à cette pagaille.

Mais, avant que Sab ait pu s'exécuter, Abbey le percuta de plein fouet. Du sable de rêve s'envola. Fée secoua la tête en voyant le chaos.

– Ce n'est pas un comportement digne de Fée des dents, rouspéta-t-elle.

Nord se protégea lorsque la balle de base-ball de sable retomba sur lui, si bien qu'elle frappa Fée en plein visage. La poudre de sommeil l'assomma instantanément, ainsi que Bébé Fée. Toutes deux s'écrasèrent brutalement au sol. Un petit rêve en forme de dent flotta au-dessus de leurs têtes.

Un nuage de sable de rêve envahit la chambre de Jamie.

– Cette bestiole est enragée ! Débarrassez-moi de cette dingo ! s'écria Bunny en esquivant Abbey. Oh, non !

Il venait de respirer une bouffée de sable et s'endormit aussitôt, plongé dans des rêves de carottes.

À côté de lui, la chienne s'effondra et commença à rêver de lapins.

– Sucres d'orge... murmura Nord avant de piquer un somme, lui aussi.

Malheureusement, il s'endormit alors qu'il était encore debout. Et, au moment où son rêve s'empara de son esprit, il s'affala sur le lit, avant de s'effondrer sur le sol, faisant sauter Jamie en l'air comme une catapulte.

– Ohaaa ! cria l'enfant.

Sab le rattrapa, lui jeta un peu de sable de rêve sur la tête, puis le réinstalla dans son lit.

Jack examina longuement la chambre désormais silencieuse. Fée et Bébé Fée sommeillaient dans un coin alors que Bunny et Nord étaient pelotonnés l'un contre l'autre.

– Oh, si seulement j'avais un appareil photo !

À cet instant, Sab aperçut par la fenêtre une masse sombre aux contours vagues. Jack se tourna pour regarder dans la même direction.

– Allez, viens, Sab, dit-il. On peut trouver Pitch.

Le Marchand de sable s'arrêta une minute pour

regarder les dormeurs dans la chambre de Jamie, puis il suivit Jack à l'extérieur, et tous deux s'enfoncèrent dans la nuit.

C'est le moment que choisit Sophie pour trotter jusqu'à la chambre de son grand frère. Elle plongea la main dans la poche de Nord en riant et en sortit la boule à neige magique.

– Beau ! s'exclama-t-elle avant de s'approcher de Bunny, la boule toujours à la main. Lapin de Pâques, dit-elle, ravie. Hop ! Hop ! Hop !

Imitant un lapin qui sautille, Sophie secoua la boule à neige qui révéla une magnifique image de la garenne dans laquelle vivait Bunny. Aux anges, elle entreprit d'emporter la boule dans sa chambre. Mais elle trébucha en chemin. La boule se fracassa par terre et, dans un éclair de lumière, un portail magique s'ouvrit devant la petite fille.

Une brise chaude s'engouffra par le portail et Sophie se pencha en avant pour jeter un coup d'œil de l'autre côté.

– Quoi, qu'est-ce…

Nord se réveilla un instant trop tard. Quand il ouvrit les yeux, Sophie avait déjà disparu.

Jack et Sab poursuivaient deux cauchemars sur les toits de Burgess.

– Yahooo ! s'écria Jack, chevauchant le vent pour attraper l'un d'eux.

Ce dernier vola par-dessus un toit et Jack lui emboîta le pas. Il le chassa d'une maison, puis vit Sab en lutte avec l'autre. Le cauchemar était fort mais Sab avait le dessus. Dans une explosion, il transforma l'affreux sable noir en poudre de rêve dorée, qui formait désormais une raie à longue queue survolant la ville.

Jack tenta de rattraper le deuxième cauchemar, qui s'était enfui. Il le retrouva dans une ruelle, prêt à bondir sur un autre toit.

– Je l'ai !

À l'aide de son bâton, Jack envoya du givre et gela le cauchemar en un bloc solide.

– Sab ! appela-t-il. Sab, tu as vu ? Regarde ce truc.

Jack tapota le cauchemar du bout de son bâton, puis se retourna : ce n'était pas Sab qui se trouvait derrière lui.

– De la glace ? dit Pitch.

Jack lui lança un filet de givre. Aussitôt, le croque-mitaine esquiva l'attaque.

– Tu sais, déclara-t-il, pour quelqu'un de neutre, tu passes beaucoup de temps avec ces cinglés. Ce n'est pas ton combat, Jack.

– Tu en as fait mon combat quand tu as volé les dents, rétorqua Jack en levant son bâton.

– Les dents ? En quoi les dents t'intéressent-elles ?

Entendant un bruit derrière lui, Pitch se retourna et découvrit Sab. Le croque-mitaine s'éloigna en vitesse.

– Ah ! Exactement celui que je cherchais…

Avant que Pitch ait pu finir sa phrase, Sab souffla du sable de rêve sur lui.

Pitch se baissa vivement et envoya son cauchemar sur Jack et Sab. Jack parvint à l'esquiver mais Sab fut projeté sur une saillie. Il faillit basculer en arrière, mais se rattrapa *in extremis*. Il riposta, prenant Pitch au piège de son sable de rêve et le jeta par-dessus le toit, si bien que le croque-mitaine s'écrasa dans la rue en contrebas.

Jack jeta un coup d'œil à Pitch.

– À l'avenir, j'éviterai de te mettre en rogne, dit-il à Sab.

Pitch se débarrassait des gravats qui le recouvraient et s'écarta lorsque Sab et Jack s'envolèrent du toit pour gagner la ruelle.

– D'accord, on se calme, dit Pitch. Tu ne peux pas me reprocher d'avoir tenté ma chance, Sab. Tu ne sais pas ce que c'est d'être faible et détesté. C'était idiot de ma part de m'en prendre à tes rêves. Alors, tu sais quoi ? Je vais te les rendre.

Sans que Sab et Jack puissent réagir, des centaines de cauchemars envahirent la rue et se postèrent sur les toits avoisinants.

– Tu prends ceux de gauche et moi ceux de droite, ordonna Jack à Sab.

Pitch décolla sur le dos d'Onyx, son cauchemar à l'apparence de cheval.

– Bouh ! fit-il pour effrayer Sab et Jack.

Les cauchemars se mirent à charger. Jack et Sab se blottirent l'un contre l'autre tout en reculant, à la recherche d'une issue.

Soudain, un bruit de cloches et de sabots de rennes résonna dans le ciel. Le traîneau de Nord passa à toute allure en vrombissant sous le nez de Pitch et de ses cauchemars. Bunny, qui dormait à l'intérieur, se réveilla enfin.

– Allez-vous-en de ma garenne, grogna-t-il, complètement déboussolé.

Puis, comprenant où il se trouvait, il rassembla ses boomerangs, prêt à en découdre.

Sab lança du sable de rêve sur les cauchemars. Jack se servit de son bâton pour les repousser un par un. Fée et Bébé Fée s'élancèrent du traîneau pour leur venir en aide.

Comme un général de guerre, Pitch dirigea son armée de cauchemars afin qu'elle poursuive l'assaut.

Jack envoyait valser les cauchemars avec son bâton ; Fée utilisait ses ailes pour les taillader.

Bunny bondit du traîneau sur un toit. Ses boomerangs fusaient, désintégrant le moindre cauchemar sur leur passage. Lorsque le traîneau réapparut, le Lapin de Pâques sauta dedans.

– Ha, ha, ha ! se réjouit Nord. Allez !

Jack évita deux cauchemars, mais un troisième lui fit lâcher son bâton. Dérapant du toit, il commença à dégringoler.

– Aaaaah !

Il reprit le contrôle en rattrapant son bâton et en s'accrochant à un patin du traîneau.

– Je te conseille de baisser la tête, suggéra Bunny à Jack avant de lancer son boomerang sur l'un des cauchemars.

Les cauchemars de Pitch cernaient Sab qui les combattait vaillamment au moyen de ses doux rêves.

– Il faut qu'on aide Sab ! indiqua Jack depuis le traîneau.

– Yah ! s'écria Nord en faisant claquer les rênes.

Mais, avant qu'ils atteignent Sab, Pitch donna à son sable de cauchemar la forme d'un arc et d'une flèche. Il visa le dos de Sab. La flèche le toucha entre les omoplates puis explosa.

– Noooon ! hurla Jack en sautant du traîneau.

– Jack ! appela Nord.

Pitch ricana en voyant son armée prendre le dessus.

– Ha, ha, ha, ha, ha ! Inutile de lutter contre la peur, petit homme.

Nord arriva avec le traîneau pour une mission de sauvetage mais se retrouva rapidement encerclé.

– Vite ! Vite ! dit-il à Jack qui allait déjà secourir Sab.

La poudre dorée devenait noire à mesure que les mauvais rêves prenaient le dessus.

– Je vous aurais bien dit de faire de beaux rêves mais il n'y en a plus aucun, ironisa Pitch.

Jack continuait à repousser les assaillants, s'efforçant d'atteindre le Marchand de sable.

– Sab… gémit Nord.

Quelques secondes plus tard, le sable de rêve était devenu entièrement noir. Sab avait disparu.

Pitch applaudit de joie.

– Non, noooon ! cria Jack en se précipitant sur lui.

Son bâton était illuminé par une énergie qu'il allait diriger sur le croque-mitaine d'un instant à l'autre. Ce dernier se retourna et orienta, lui aussi, ses cauchemars sur Jack.

L'attaque était trop puissante pour Jack. Les créatures l'entourèrent et commencèrent à le submerger.

Pitch recula en souriant. Jack brandit son bâton et enfourcha une bourrasque de vent pour sortir du nuage de cauchemars. Du givre et de la glace envahirent la rue. Les cauchemars se transformèrent en neige.

– Aaah !

Pitch, pris par surprise, fut de nouveau projeté loin, très loin de la rue.

Cet effort avait épuisé Jack : il s'écroula.

Le traîneau de Nord finit par atteindre le toit. Fée se dépêcha de hisser Jack et l'installa à l'abri dans le traîneau.

– Jack, comment as-tu fait ça ? demanda-t-elle.

– Je ne savais pas que j'en étais capable, répondit-il, encore sonné.

Alors que le traîneau naviguait à toute vitesse à travers la nuit, Pitch se releva et jeta un coup d'œil autour de lui, à l'endroit où il s'était écrasé. D'abord furieux, il éprouva ensuite une certaine satisfaction. Le sourire aux lèvres, il observa le traîneau entrer par un portail magique. Jack Frost était un adversaire à sa hauteur.

– Enfin ! s'exclama Pitch en s'époussetant. Quelqu'un qui sait un peu s'amuser !

Il salua Jack de la main au moment où le traîneau s'en allait vers le pôle Nord. Il attendait avec impatience leur prochaine confrontation.

8

De retour dans la salle du globe, les légendes organisèrent une cérémonie à la mémoire de Sab. Des bougies étaient disposées par terre autour de son socle vide.

Fée, Nord et Bunny se tenaient les mains tandis que des cloches carillonnaient dans toute la pièce.

Du bout du doigt, Jack dessina Sab sur une fenêtre couverte de givre et soupira.

– Tu vas bien ? demanda Nord en s'approchant de lui.

– Je regrette de n'avoir rien pu faire, répondit Jack.

– Rien ? Jack, tu as affronté Pitch. Tu nous as sauvés.

Jack se pinça les lèvres.

– Sab aur…

– Aurait été fier de ce que tu as accompli, le coupa Nord.

Jack poussa un nouveau soupir et hocha la tête.

– Je ne sais pas ce que tu étais dans ta précédente vie mais, dans celle-ci, tu es un véritable gardien, déclara Nord en lui posant la main sur l'épaule.

– Comment pourrais-je savoir qui je suis, si je ne sais pas qui j'étais avant? interrogea Jack.

– Ça viendra, lui assura Nord. Je le sens au fond de moi.

Jack laissa Nord le reconduire au globe des croyances.

– Regardez comme elles s'éteignent vite, remarqua Fée en désignant les petites lumières sur tous les continents.

– C'est la peur, commenta Jack en se penchant plus près du globe. Pitch a inversé la tendance.

Bunny n'avait pas l'intention de laisser toutes les lumières disparaître.

– Hé, secouez-vous, bande de ramollos! dit-il. On peut encore renverser la vapeur! Pâques, c'est demain. J'ai besoin de votre aide. Moi, je dis qu'on doit remuer ciel et terre pour que ces petites lumières scintillent de nouveau.

Revigoré, Nord mena tout le monde à la fabrique de jouets.

– Bunny a raison. Ça me fait mal de l'admettre, mon vieux mais, cette fois, Pâques est vraiment plus important que Noël !

– Hé ! Vous avez tous entendu ? demanda Bunny.

– On doit se dépêcher d'aller à la garenne, enchaîna Nord. Tous au traîneau !

– Ah non, l'ami, objecta Bunny. C'est *ma* garenne, c'est moi qui décide. Bouclez vos ceintures.

Tapant lourdement du pied, Bunny ouvrit un terrier et toute la troupe tomba au fond.

– Nom d'un blini ! brailla Nord.

Les gardiens, Jack, ainsi que deux yétis et quelques lutins atterrirent juste à l'entrée de la garenne. À cause de leur grande taille, la chute fut plus violente pour Nord et les yétis, ce qui n'entama pas la bonne humeur du Père Noël.

– Bouclez vos ceintures, répéta-t-il en riant tout seul. C'est très drôle !

À présent, Bunny était tout à sa tâche. Il était perché sur un rocher couvert de mousse lorsque celui-ci commença à s'élever. Sous la mousse se trouvait non pas un rocher mais un œuf en pierre ; il s'agissait de l'un des œufs sentinelles qui surveillaient la garenne.

– Maintenant, écoutez-moi. Ici, les œufs sont en sécurité. Là-haut, ils seront bien cachés, dit-il à ses hôtes tout en bondissant sur une autre sentinelle qui s'élevait du sol. Nous devons les protéger dans les tunnels jusqu'au grand jour. Si on tient le coup jusque-là, on aura notre fête de Pâques.

En pénétrant dans le royaume de Bunny, Jack fut ébahi. La garenne était une prairie splendide, luxuriante et verte, avec des rochers, des ruisseaux et des fleurs aux couleurs chatoyantes.

Soudain, Bunny dressa les oreilles et renifla l'air. Quelque chose clochait.

Un cri à peine audible leur parvint depuis l'un des tunnels. De petits œufs se précipitaient hors du passage.

Nord dégaina son épée, Bunny sortit ses boomerangs et Jack serra fermement son bâton. Alors que les gardiens s'attendaient à voir surgir Pitch, ce fut Sophie, la sœur de Jamie, qui sortit du tunnel. Elle posa les yeux sur l'un des lutins et se mit à le pourchasser.

– Qu'est-ce qu'elle fait ici ? demanda Bunny, horrifié.

Nord tâtonna son manteau et s'aperçut que sa poche était vide.

– Boule à neige ? suggéra-t-il.

– Crotte ! s'exclama Bunny. Il faut faire quelque chose !

– Ne me regarde pas comme ça, dit Jack. Je suis invisible, tu as oublié ?

Sophie avait déjà réussi à attraper le lutin et le traînait sur l'herbe verte par le grelot accroché au bout de son bonnet.

– Ne t'en fais pas, Bunny. Je suis sûre qu'elle adore les fées, intervint Fée en volant vers la fillette, aux anges. Tout va bien, petite fille.

– Belle ! dit Sophie à Fée.

– Ooooh ! rougit celle-ci. Tu sais quoi ? J'ai quelque chose pour toi. Tiens, fit-elle en sortant une poignée de dents. Regarde toutes les jolies dents, il y a même encore un peu de sang et des bouts de gencive dessus.

Sophie hurla et s'enfuit à toutes jambes.

– Du sang et des bouts de gencive ? répéta Jack en secouant la tête. Ça fait combien de temps que vous n'avez pas côtoyé d'enfants au juste, les gars ?

Fée haussa les épaules. Mais Sophie surmonta rapidement sa peur ; elle passa bientôt la tête par le trou d'un petit tunnel et s'exclama :

– Coucou !

– On est très occupé à apporter de la joie aux enfants, intervint Nord. On n'a pas le temps pour... les enfants.

Gêné, il détourna le regard. Jack fit apparaître un flocon de neige dans sa main. Il souffla dessus et le flocon flotta jusqu'à Sophie. Lorsqu'elle tenta de l'attraper, Jack créa un peu plus de vent et lança une partie de trappe-trappe.

– Si un enfant peut anéantir Pâques à lui tout seul, alors on n'est vraiment pas sorti de l'auberge, déclara Jack.

Il envoya le flocon de neige vers Bunny alors que Sophie le suivait encore en criant « Youpiii ! Youpi, youpi, youpiii ! ». Le flocon atterrit sur le museau de Bunny. Il baissa les yeux vers la fillette et finit par sourire.

– Tu veux peindre des œufs ? lui proposa-t-il.

– Oui ! répondit-elle avec enthousiasme.

– Alors suis-moi !

À cet instant, Nord regarda autour de lui et découvrit des œufs blancs par centaines, qui attendaient tous d'êtres décorés.

– Il y en a un paquet ! déclara-t-il.

– Et il nous reste combien de temps ? demanda Jack.

Bunny était trop occupé à s'amuser pour lui répondre.

– Youhouu ! s'écriait-il en sautillant dans la prairie avec Sophie sur le dos.

– Youpiii ! hurlait la petite fille, folle de joie.

Partout où Bunny passait, des fleurs jaillissaient autour de ses pattes, des œufs blancs se paraient de couleurs et la vallée chatoyait comme un arc-en-ciel.

– Très bien, soldats, il est temps de passer à la vitesse

supérieure, ordonna Bunny. Ce qui veut dire que je veux des œufs partout ! Des tas de cocos dans chaque immeuble, ferme ou mobil-home ! Dans les chaussures de sport et les bols de céréales. Je veux des baignoires remplies de mes nœunœufs !

Après ce discours, tous se lancèrent dans les préparatifs de Pâques. Les œufs marchaient en file indienne, formant un ruban multicolore. L'un des lutins de Nord se tenait au bord d'une falaise. Il n'eut pas le temps de s'enfuir et les œufs lui arrivèrent droit dessus ; tous plongèrent dans la rivière colorée en contrebas, afin d'être décorés pour leur grand show de Pâques, le lendemain. Ils émergèrent de la rivière en arborant des couleurs et des motifs inimaginables, tout comme le malheureux lutin.

Un œuf égaré déambula hors du sentier et finit piégé dans un tourbillon. Nord le repêcha et le fit tournoyer au soleil. Il était décoré d'un curieux motif en spirale.

– D'accord, c'est un peu bizarre, fit Nord.

– Mais non, l'ami, répliqua Bunny en prenant délicatement l'œuf dans sa patte. C'est adorable.

Sophie marcha à la tête des œufs peints tandis qu'ils entouraient Bunny.

– Ce sera le printemps sur tous les continents ! les encouragea celui-ci. Et je vais apporter de l'espoir.

Pendant ce temps, les yétis saupoudraient certains œufs de paillettes avant que ceux-ci sautent dans différents tunnels afin d'être ornés de rayures.

Un autre yéti peignait des œufs à la main lorsque Bunny passa par là.

– Ça évoque trop Noël, l'ami, déclara-t-il. Peins-les en bleu.

Sophie et Bunny se remirent à jouer.

– Qu'est-ce que c'est, là-bas ? demanda le Lapin à la fillette.

Sophie fouilla dans l'herbe et trouva un œuf décoré. Elle le montra à Bunny.

– Il est magnifique ! s'exclama-t-il.

– Beau ! approuva Sophie.

Les œufs furent bientôt parés ; une fois tous décorés, ils se rassemblèrent à l'entrée des tunnels, prêts pour leur moment de gloire.

– Pas mal, commenta Jack, approuvant l'efficacité de l'opération.

– Pas mal, toi-même, répliqua Bunny.

– Écoute, je suis désolé de t'avoir traité de cloche de Pâques.

– N'en parlons plus, dit Bunny.

Nord et Fée rejoignirent Bunny et Jack. Tous se

retournèrent et trouvèrent Sophie profondément endormie.

– Oh, pauvre petite… Regardez-la, elle est tout épuisée, s'attendrit Bunny.

– J'adore cette enfant, mais je crois qu'il est temps de la ramener chez elle, déclara Fée.

– Et si c'était moi qui m'en chargeais ? proposa Jack.

– Jack, non ! dit Fée, inquiète. Pitch est…

– Il ne fait pas le poids contre ça, la coupa-t-il en montrant son bâton. Fais-moi confiance, je serai aussi rapide qu'un lapin.

De retour à Burgess, Jack réinstalla Sophie dans son lit. Bébé Fée l'avait accompagné pour lui donner un coup de main avec la fillette. Une fois au lit, Sophie se retourna et tomba du matelas sur le sol.

– Sophie ? appela sa mère depuis le couloir. C'est toi ?

Jack étendit une couverture sur la fillette et la laissa confortablement endormie sur le tapis. Puis Bébé Fée et lui sortirent par la fenêtre.

– On devrait y retourner, regretta Jack lorsqu'une voix s'éleva soudain.

– Jack !

C'était une voix qui l'appelait très distinctement. Jack regarda vers la forêt qui bordait la maison de Jamie et sentit un souvenir remonter en lui.

– Jack !

Il partit en direction de la voix et Bébé Fée lui emboîta le pas.

– Jack !

Se laissant guider, Jack fonça entre les arbres jusqu'à ce qu'il débouche sur une clairière. Au centre de l'étendue d'herbe se trouvait un vieux lit d'enfant. Il était cassé et son bois pourri.

Bébé Fée tressaillit puis tira sur le pull de Jack pour l'entraîner hors de la forêt.

– Ne t'inquiète pas, tenta-t-il de la rassurer. On a encore le temps.

Sur ce, Jack donna un grand coup de son bâton sur le lit, lequel se démantela et laissa apparaître un large trou noir dans le sol. La voix appela Jack une fois de plus. Il haussa les épaules et sauta au fond du trou. Bébé Fée le suivait toujours de près.

Ils traversèrent le tunnel qui les mena dans une immense grotte souterraine. À chaque pas, Bébé Fée tirait sur le pull de Jack, voulant l'inciter à faire demi-tour.

– Allons, Bébé Fée ! tenta-t-il pour lui faire entendre raison. Il faut que je sache d'où vient cette voix.

Alors qu'ils s'aventuraient plus loin, Jack se rendit compte qu'ils se trouvaient dans le repaire de Pitch. Les minifées étaient enfermées dans de minuscules cages et couinaient en implorant Jack de les secourir.

Le long des murs, les boîtes à dents volées étaient empilées comme un trésor de pirate. Les dents formaient des tas au centre de la pièce.

– Chuut! Du calme, dit Jack aux petites fées en soulevant une cage. Je vais vous sortir de là dès que...

– Jack... Jack... s'immisça la voix de son souvenir.

– Dès que je pourrai, reprit-il en secouant la tête pour chasser la voix.

– Jack...

Elle semblait venir de l'un des tas de dents de lait les plus proches. Jack tomba à genoux et se mit à fouiller dans le monticule, ignorant le pépiement incessant des minifées et Bébé Fée qui tirait frénétiquement sur son pull. Il devait simplement trouver la boîte à dents de lait qui détenait la clef de ses souvenirs perdus.

Alors la pièce commença à s'assombrir. Jack leva la tête et découvrit l'ombre de Pitch qui flottait au-dessus de lui.

– Tu cherches quelque chose? demanda le croquemitaine.

Son ombre se déplaça le long des murs puis disparut dans un couloir étroit.

Pitch gloussa lorsque Jack leva son bâton et entreprit de le suivre.

– N'aie pas peur, Jack, dit-il. Je ne vais pas te faire de mal.

– Peur ? rétorqua Jack tout en continuant à chercher Pitch. Je n'ai pas peur de toi.

– Peut-être pas de moi. Mais tu as peur de quelque chose.

– Tu crois ça, hein ?

La silhouette du croque-mitaine s'avança alors vers un pont au-dessus de Jack. D'autres ombres envahirent les lieux.

– Je ne le crois pas, je le *sais*. C'est la seule chose sur laquelle je ne me trompe jamais, déclara Pitch en s'avançant dans la lumière, face à Jack. Je connais les plus grandes peurs des gens. La tienne, c'est que personne ne croie jamais en toi.

Jack sentit la panique monter en lui. Il n'avait jamais dit à personne ce qu'il redoutait le plus mais, curieusement, Pitch le savait. Il scruta la pièce à la recherche d'une issue. Il devait s'enfuir. Les ombres de la grotte l'encerclaient et ce qu'il avait pris pour un mur était en réalité le sol. Il fit un tour sur lui-même, tentant désespérément de trouver une échappatoire.

Pitch avait de nouveau disparu mais sa voix résonnait encore dans toute la grotte.

– Et, surtout, tu as peur de ne jamais savoir *pourquoi*, pourquoi *toi*, pourquoi tu as été choisi pour être ce que tu es.

À cet instant, Jack trouva la sortie mais elle était

condamnée par un mur de briques. Il regarda l'ombre de Pitch approcher.

– Eh bien, tu n'as plus rien à craindre, car la réponse à tes questions se trouve ici, dit Pitch en lui tendant une boîte à dents sur laquelle se trouvait la photo d'un petit garçon ainsi que le nom JACK FROST. Est-ce que tu veux récupérer tes souvenirs ? demanda Pitch en secouant la boîte, si bien que les dents s'entrechoquèrent à l'intérieur.

Jack retira ses mains. Il voulait attraper les dents mais se ravisa. Accepter ce don de Pitch serait une erreur. Tandis qu'il se demandait quoi faire, Pitch recula vers l'espace principal du gigantesque repaire.

– Tout ce que tu veux savoir se trouve dans cette petite boîte, insista le croque-mitaine.

Jack le poursuivit mais, dès qu'il s'en approchait, Pitch s'écartait. C'était comme si Jack était piégé dans une maison hantée de fête foraine. De plus en plus d'ombres de Pitch apparaissaient.

– Pourquoi t'es-tu retrouvé ainsi ? poursuivirent les innombrables Pitch. Invisible, incapable de communiquer avec qui que ce soit. Tu désires tellement obtenir ces réponses. Tu veux t'en saisir et t'envoler avec, mais tu as peur de ce que pourraient penser les légendes.

Jack sentit les ombres tout autour de lui. Il était acculé dans un coin.

– Tu as peur de les décevoir, reprirent les nombreux

Pitch. Eh bien ! laisse-moi te soulager d'un poids : ils ne t'accepteront jamais. Jamais *complètement*.

– Arrêtez ! s'écria Jack en agitant les mains vers les ombres. Arrêtez !

– Après tout, tu n'es pas l'un des leurs, continua Pitch en rassemblant de nouveau ses ombres en une seule personne pour se poster devant Jack.

– Tu ne sais pas qui je suis, déclara ce dernier en visant Pitch de la pointe de son bâton.

– Bien sûr que je le sais, ricana Pitch. Tu es Jack Frost. Tu sèmes la pagaille partout où tu vas. Regarde, c'est exactement ce que tu fais en ce moment.

Il lança la boîte à dents de Jack en l'air.

Jack la rattrapa et demanda :

– Qu'est-ce que tu as fait ?

– La vraie question est qu'est-ce que *toi*, tu as fait, Jack ? rétorqua Pitch.

Puis, l'écho de son rire résonnant encore, il traversa la pièce à reculons. Fou de rage, Jack se jeta sur lui, cependant il n'attrapa rien d'autre que du vide. Un instant plus tard, il fut aspiré dans l'un des trous les plus noirs du croque-mitaine.

Jack se retrouva dans un tunnel à œufs et chargea, prêt à affronter Pitch une fois de plus, mais il se rappela soudain qu'il avait abandonné quelqu'un en route… quelqu'un d'important.

– Bébé Fée ! s'écria-t-il.

Il tenta de rebrousser chemin et tomba sur l'un des œufs sentinelles de Bunny. Effrayé, il crispa les doigts autour de sa boîte à dents en scrutant autour de lui. Les œufs ! Des milliers d'œufs colorés étaient écrasés dans les tunnels qui entouraient la garenne.

– Non… laissa-t-il échapper, le souffle coupé.

9

Jack courut trouver Bunny et les légendes. Le Lapin était caché dans des buissons, observant une chasse aux œufs de Pâques qui se déroulait en Angleterre. Les enfants arpentaient un jardin, l'air profondément déçu.

– Allez, on y va, dit l'un d'entre eux. Il n'y a rien.

– Peut-être qu'il les a juste vraiment bien cachés cette année, suggéra un autre.

D'un bond, Bunny surgit de sa cachette et traversa la pelouse au pas de course.

– Les enfants ! Hé, ho !

– Non, j'ai regardé partout, répliqua un garçon, dépité. Il n'y a rien !

– Si, il y a quelque chose ! Bon, ce ne sont pas les plus beaux œufs que j'aie faits, mais ils feront l'affaire, lança Bunny en sortant un œuf cassé.

– J'arrive pas à y croire, déclara une fillette.

– Je sais, dit Bunny en contemplant tristement ses morceaux de coquille colorés.

– Le Lapin de Pâques n'existe pas, affirma la fillette aux autres enfants.

– Quoi ?

Bunny se nettoya les oreilles. Les enfants commencèrent à quitter le jardin ; il leur courut après en criant :

– Non ! Vous vous trompez ! Non, c'est faux. Je suis juste devant vous, les amis.

Les enfants passèrent à travers Bunny comme s'il n'était fait que de vapeur et continuèrent à descendre le sentier.

– Partons d'ici, lança un garçon.

Bunny se toucha le ventre et se tira sur les oreilles. Il était bien là, il savait qu'il était là !

– Ils ne me voient pas, admit-il, les bras ballants. Ils ne me voient pas.

Jack débarqua juste au moment où les enfants abandonnaient leur chasse aux œufs de Pâques. Il resta en retrait tandis que Fée allait consoler Bunny.

– Où étais-tu, Jack ? demanda Nord qui arrivait derrière lui, l'air épuisé.

Son manteau rouge était taché et en lambeaux.

– Les cauchemars ont attaqué les tunnels. Ils ont cassé tous les œufs, écrasé tous les paniers. Rien n'a pu atteindre la surface.

Fée rejoignit Jack et Nord. Elle aperçut la boîte dans la main de Jack et demanda :

– Où l'as-tu récupérée ?

– J'étais... C'est... bafouilla Jack.

– Où est Bébé Fée ? Oh, Jack, qu'est-ce que tu as fait ? dit-elle, furieuse.

– C'est pour cette raison que tu n'étais pas là ? s'enquit Nord. En fait, tu étais avec Pitch ?

– Non, écoutez, écoutez... Je suis désolé. Je ne voulais pas que tout ça arrive, tenta-t-il de s'expliquer.

Bunny sautilla jusqu'à eux.

– Il faut qu'il s'en aille, déclara-t-il sans hésitation.

– Quoi ? lâcha Jack, stupéfait.

– On n'aurait jamais dû te faire confiance, ajouta Bunny, le cœur manifestement brisé. Pâques signifie un nouveau départ, une nouvelle vie. Pâques est synonyme d'espoir, et maintenant il n'y a plus rien de tout ça, gémit-il.

Jack regarda Fée et Nord, mais tous deux se détournèrent de lui. C'était exactement ce qu'avait prédit Pitch : les légendes n'avaient pas besoin de lui, ils ne voulaient plus qu'il traîne dans les parages.

Jack plongea la main dans sa poche et en sortit la petite poupée russe que Nord lui avait donnée dans son atelier. Il la contempla un long moment, puis la jeta par terre. Il créa une grosse bourrasque de vent et sauta dedans.

À Burgess, c'était déjà la fin de l'après-midi et Jamie était perché sur une échelle, encore à la recherche d'œufs de Pâques dans les gouttières qui longeaient sa maison. Quand il jeta un coup d'œil par-dessus le toit, l'échelle commençait à vaciller.

– Oh, là ! Oh, là ! Oh, làààà ! hurla-t-il au moment où elle bascula.

Il s'accrocha à la gouttière pour ne pas tomber mais celle-ci céda et il s'écrasa dans un amas de neige.

Se relevant, il épousseta la neige qu'il avait dans le dos. Tout compte fait, l'œuf de Pâques qu'il avait cru voir n'était qu'une vieille balle de tennis toute sale. Ses amis éclatèrent de rire.

Ils récupérèrent leurs paniers vides.

– Et si on retournait jeter un coup d'œil au parc ? suggéra Jamie.

– T'es sérieux ? fit Caleb, agacé.

– Pour y trouver quoi ? Le Lapin de Pâques ? renchérit Claude.

– Je vous assure, les gars, je l'ai vu ! plaida Jamie. Il est beaucoup plus grand que je l'imaginais, et il a ces boomerangs trop cool...

– Oh, arrête ton char, mon pote, l'interrompit Claude en levant les yeux au ciel.

– Qu'est-ce qui vous arrive, les gars? demanda Jamie, étonné de leur réaction.

– C'était un rêve, lui expliqua Caleb. Tu devrais t'estimer heureux de faire encore des rêves comme celui-ci et pas...

– Des cauchemars, le coupa Cupcake.

Les autres tournèrent les talons et commencèrent à s'éloigner. Pippa resta en arrière pour dire à Jamie:

– Laisse tomber, Jamie. Il n'y a pas de Pâques cette année.

Jamie resta tout seul, un panier de Pâques vide à la main.

– Il existe pour de vrai, marmonna-t-il dans sa barbe. Je sais qu'il existe.

Au pôle Nord, les yétis montaient la garde devant le globe des croyances. Les petites lumières s'éteignaient plus vite qu'ils ne pouvaient les compter.

Après avoir quitté les gardiens, Jack se rendit en Antarctique. Là, il s'assit au bord d'un iceberg, sa boîte à dents à la main. Il hésitait à simplement la jeter dans l'océan.

Pitch surgit de la pénombre et se posta près de lui.

– J'étais sûr que ça arriverait, déclara-t-il.

Jack ne leva pas les yeux vers lui.

– Tu ne peux pas m'en vouloir, Jack, poursuivit Pitch. Ce sont eux qui t'ont abandonné. Mais je comprends.

C'est alors que Jack fit face à Pitch et lui souffla du givre dessus. Pitch se protégea à l'aide de son sable de cauchemar.

– Tu ne comprends rien du tout ! cria Jack, continuant à envoyer de la glace et du givre sur Pitch.

– Ah non ? fit celui-ci en parant avec son sable toutes les attaques de Jack. Tu crois que je ne sais pas ce que c'est d'être rejeté ? De rêver d'avoir une famille ?

Abaissant son bâton, Jack se mit à écouter Pitch.

– Ça te surprend ? Moi aussi, j'ai été quelqu'un, tu sais, reprit Pitch en s'approchant. Nous ne sommes pas obligés de rester seuls, Jack. Moi, je crois en toi. Et je sais que les enfants aussi croiront en toi.

– En moi ? répéta Jack en se tournant pour accorder toute son attention à Pitch.

– Oui ! répondit le croque-mitaine, avant de désigner d'un geste le givre blanc et le sable noir qui recouvraient l'iceberg. Regarde de quoi nous sommes capables ! Qu'est-ce qui se marie mieux que le blanc et le noir ?

Jack jeta un coup d'œil au givre et aux sculptures de sable tandis que Pitch poursuivait son discours :

– On peut faire en sorte qu'ils croient. On leur offrira un monde où tout est…

– Noir comme tes cauchemars et toi ? suggéra Jack en s'apercevant que Pitch ne pensait qu'à sa gloire personnelle.

– Et froid comme le bout de ton bâton ! s'empressa d'ajouter Pitch. Ils croiront en nous deux.

Jack considéra l'offre puis déclara :

– Non, ils auront *peur* de nous deux. Et ce n'est pas ce que je veux. Maintenant, pour la dernière fois, laisse-moi tranquille, conclut-il en tournant les talons.

– Très bien, tu veux qu'on te laisse tranquille ? D'accord. Mais avant...

Un tintement familier incita Jack à se retourner.

– Bébé Fée !

Il se précipita pour la sauver des griffes de Pitch.

– Le bâton, Jack, réclama ce dernier. Tu as la fâcheuse habitude de te mêler de tout. Maintenant donne-moi ton bâton et je la laisse partir.

Pitch resserra son étreinte et Bébé Fée couina. Elle ne pouvait plus respirer. Jack lança son bâton à Pitch qui, tout content, le ramassa et le fit tournoyer dans sa main.

– Bon, dit Jack, maintenant, libère-la.

– Non, ricana Pitch. Tu as dit que tu voulais qu'on te laisse tranquille.

Bébé Fée se tortilla entre ses doigts et lui donna un coup de bec. Il poussa un cri et la jeta en l'air. Elle retomba dans un canyon de glace.

La voyant chuter ainsi, Jack fit un brusque mouvement en avant.

– Non ! hurla-t-il.

Pitch récupéra le bâton de Jack et le brisa en deux. Un éclair en jaillit. Des cauchemars se mirent à tournoyer autour de Jack, le projetant brutalement contre un mur de glace. L'iceberg se fissura. Jack bascula en avant, gémissant tout bas tandis que des blocs de glace s'effondraient autour de lui. Pitch jeta le bâton brisé de côté.

Incapable de trouver un appui stable, Jack trébucha dans une grande crevasse qui s'était formée dans la glace, et s'enfonça dans un gouffre sans fond.

Dans sa chute, il entendit le rire machiavélique de Pitch résonner loin, très loin au-dessus de lui.

Le gouffre avait finalement un fond, Jack s'en rendit compte en atterrissant violemment. Le corps tout endolori, il se releva et scruta les alentours. Dans un coin, il découvrit Bébé Fée étendue par terre sur la glace.

– Bébé Fée ! s'exclama-t-il en la prenant délicatement dans ses mains. Est-ce que ça va ?

Elle hocha la tête, mais elle était blessée et toute froide. Jack la serra fort contre lui. Elle frissonnait.

– Désolé, mauvaise idée, dit-il en la reposant avec un soupir. Tout ce que je vais réussir à faire, c'est te refroidir encore plus. Pitch avait raison, je sème la pagaille partout.

Bébé Fée se pelotonna au chaud dans la poche de Jack... là où il avait rangé sa boîte à dents.

Trop épuisé pour ne serait-ce que songer à sortir de là, Jack s'adossa contre un mur et ferma les yeux. Du fond de sa mémoire, une voix l'appela.

– Jack... Jack...

Il rouvrit les yeux et aperçut une lueur dorée s'échapper de la boîte à dents dans sa poche.

– Jack, répéta la voix.

D'un regard, Bébé Fée l'encouragea à ouvrir la boîte. Au moment où il tendait la main vers le couvercle de la boîte, celui-ci s'ouvrit d'un coup. À l'intérieur se trouvait une poignée de ses dents de lait; elles brillaient d'une lumière intense.

Un torrent de souvenirs submergea Jack.

Il y a bien longtemps, sa famille vivait dans le même petit village où il s'était réveillé pour la première fois dans le clair de lune. Et ce village était devenu la ville de Burgess, dans laquelle Jamie vivait aujourd'hui.

Il entendit sa mère l'appeler:

– Allez, viens, Jack. Tu ne peux pas t'amuser tout le temps.

Puis il se vit enfant, jouant dans les arbres.

– Arrête de nous faire des blagues! rouspéta sa sœur en plaisantant.

Un autre souvenir assaillit Jack : sa famille et lui se réchauffaient près d'un grand feu. Il s'était affublé de bois de cerf pour faire rire tout le monde.

– Tu es drôle, Jack, déclara un garçon.

Le souvenir changea une fois de plus. À présent, le jeune Jack faisait du patin en plein milieu de l'étang avec sa sœur. Enfant, Jack avait les yeux marron et les cheveux bruns, et non les billes bleues et les cheveux blancs de Jack Frost.

Une petite fissure s'était formée sur la glace, sous les patins de sa sœur. Celle-ci chancela et la fissure s'agrandit.

– Jack, j'ai peur, dit-elle.

– Je sais, je sais, mais tout va bien se passer. Tu ne vas pas tomber. D'ailleurs, on va faire un petit jeu.

Jack regarda autour de lui, cherchant le chemin le plus sûr pour regagner la terre ferme.

– Non, c'est pas vrai, répliqua sa sœur.

– Est-ce que je te mentirais ?

– Oui ! s'exclama-t-elle, si effrayée qu'une larme coula sur sa joue. Tu nous fais *toujours* des blagues !

– Bon, je l'admets, gloussa-t-il. Mais, pas cette fois, c'est promis. (Il s'arrêta pour regarder la glace en train de se briser.) Je te jure que tu vas t'en sortir. Il faut que tu croies en moi, ajouta-t-il en regardant sa sœur droit dans les yeux.

Elle ravala ses larmes et lui adressa un petit sourire.

Jack la guida :

– Tu veux faire un jeu ? On va jouer à la marelle. Comme on fait tous les jours.

Il indiqua à sa sœur où poser les pieds pour rejoindre la rive.

– C'est aussi facile que de faire : un.

Jack sauta mais atterrit en déséquilibre. Il afficha un large sourire, comme si son faux pas avait été calculé, et cria :

– Deux.

Il fit un autre bond.

– Trois !

Il était sur la rive. Il tendit les bras vers sa sœur.

– OK. Maintenant, c'est ton tour.

Il se baissa, ramassa un bâton sur la glace à ses pieds et le tendit vers elle.

– Un.

Elle sauta prudemment.

– Voilà, c'est bien, l'encouragea-t-il en avançant un peu plus le bâton pour qu'elle puisse l'attraper. Deux.

Elle y était presque.

– Trois.

Elle saisit le bout du bâton et, de toutes ses forces, Jack la tira vers la rive. Mais il ne parvint pas à garder l'équilibre et s'écrasa lourdement sur la surface de l'étang. Il passa à travers la glace : il était dans l'eau gelée.

– Jack ! cria sa sœur.

Il regarda en l'air à travers la glace pour s'assurer qu'elle était saine et sauve. Puis il sombra peu à peu.

Sous l'eau, il apercevait la pleine lune qui dardait ses rayons sur lui. Le clair de lune se fit de plus en plus intense jusqu'à ce que le corps tout entier de Jack se mette à briller. Ses yeux s'ouvrirent brusquement… ils étaient devenus bleus.

Jack se redressa et regarda Bébé Fée.

– Tu as vu ça ? demanda-t-il, tout excité par le souvenir qui venait de ressurgir.

Bébé Fée pépia. Elle partageait la joie de Jack mais elle était incapable de voir dans ses souvenirs à lui.

– C'était moi ! expliqua-t-il en se mettant debout. J'avais une famille. J'avais une sœur ! ajouta-t-il avant de se calmer car il commençait à saisir le sens de ses souvenirs. Je l'ai sauvée.

Soudain, le clair de lune envahit la caverne exiguë au fond de la crevasse de glace. Jack leva la tête et aperçut l'astre qui l'observait caché derrière un nuage.

– C'est pour ça que tu m'as choisi, murmura-t-il à l'adresse de la lune. Je suis une légende.

La lune brilla un peu plus fort.

Bébé Fée tenta de se dégager de la main de Jack, mais elle était trop blessée.

– On doit sortir d'ici, déclara Jack en voyant les

deux morceaux de son bâton brisé qui gisaient sur la glace.

Il essaya de les recoller mais ils ne cessaient de se détacher. Finalement, il parvint à lancer une étincelle bleue qui se transforma en lumière. Les morceaux de bois s'assemblèrent et le bâton se reconstitua en une seule pièce. Jack sourit.

– Allez, viens, Bébé Fée ! Je te dois bien ça !

Avec Bébé Fée toujours blottie au fond de sa poche, Jack chevaucha le vent pour sortir de la crevasse et alla directement au repaire de Pitch. Ils se dépêchèrent de libérer les minifées.

Une fois que les cages furent ouvertes, Jack leur dit :

– Allez, en route.

Pourtant aucune ne bougea.

– Qu'est-ce qui vous arrive ? demanda Jack. Aucune de vous ne peut voler ?

Il cherchait comment les aider lorsque Bébé Fée attira son attention sur le globe de Pitch. Il était tout noir. C'était comme s'il n'y avait plus aucune lumière allumée et que tous les enfants avaient cessé de croire.

Au pôle Nord, un yéti déposait sur une étagère le dernier robot fraîchement repeint en rouge quand la fabrique se mit à trembler. Tous les robots dégringolèrent de l'étagère. Le yéti poussa un grognement.

– Peignez-les en noir ! hurla Pitch alors que du sable de cauchemar emplissait les lieux.

Paniqués, yétis et lutins se mirent à courir dans tous les sens, se cognant dans tous les jouets et les prototypes.

Dans la grande salle, du sable noir recouvrit le globe et Pitch se matérialisa.

– Vous pouvez tous partir ! annonça-t-il à la cantonade. Nous n'aurons pas besoin de jouets de Noël cette année, merci, ni les années à venir. Regardez !

Pitch parvenait difficilement à contenir sa joie tandis qu'il contemplait, avec les yétis et les lutins, les dernières lumières qui s'éteignaient. Tout se déroulait selon son plan !

Il attendit que l'ultime lumière s'évanouisse. Il attendit longtemps. Très longtemps.

– Non… balbutia-t-il.

Au moment où Pitch observait cette unique lumière, Jack la vit, lui aussi.

– Jamie ! se réjouit-il.

Il n'y avait pas de temps à perdre. Jack se rendit chez le garçon aussi vite que le vent pouvait le porter.

10

Jamie était au lit, il parlait à son vieux lapin en peluche.

– Bon, écoute, toi et moi, on est visiblement arrivé à ce qu'on appelle un moment clé. Alors voilà ce qui va se passer…

Jack apparut à la fenêtre de Jamie et s'approcha davantage pour entendre ce que l'enfant disait.

– Si ce n'était pas un rêve et si tu existes vraiment, il faut que tu me le prouves. Tout de suite, ajouta Jamie en fixant le lapin.

Comme rien ne se passait, il poursuivit :

– Il y a longtemps que je crois en toi, tu sais ? Depuis

que je suis né, en fait. Donc, maintenant, tu m'es un peu redevable. Je ne te demande pas grand-chose, juste un petit signe pour que je sois sûr, implora-t-il en serrant le lapin contre son cœur. Quelque chose, n'importe quoi.

Le silence régna un moment, puis Jamie laissa tomber la peluche par terre.

– Je le savais, murmura-t-il.

Par la fenêtre, Jack se glissa dans la chambre de Jamie. Il vit le regard du garçon s'assombrir. De minute en minute, il semblait perdre davantage la foi. Jack devait faire quelque chose.

Après avoir soufflé du givre sur la fenêtre de Jamie, il dessina un œuf de Pâques sur la vitre gelée.

– Hein ? lâcha Jamie en remarquant le dessin. (En un éclair, il ramassa son lapin en peluche.) Il existe !

Jack dessina un lapin sur la vitre gelée puis, à l'aide de ses pouvoirs magiques, il se concentra et réussit à faire bondir le dessin de l'autre côté de la fenêtre.

– Ouah ! fit Jamie, aux anges en voyant le lapin de givre sauter dans la chambre puis éclater en un millier de flocons de neige au-dessus de sa tête. De la neige ? s'étonna-t-il.

Un gros flocon lui atterrit sur le nez ; il diffusait une lueur bleue. Jamie l'examina longuement et finit par murmurer :

– Jack Frost ?

Comme personne ne répondait, il se mit debout sur son lit et cria :

– Jack Frost !

– Il l'a répété, chuchota Jack en sortant de sa cachette. Il a dit... Tu as dit...

– Jack Frost, termina Jamie en se retournant.

– Exact ! s'exclama Jack, tout heureux. C'est bien moi ! Jack Frost ! C'est mon nom ! Tu as prononcé *mon* nom !

Jamie resta planté là, bouche bée et les yeux écarquillés, manifestement sous le choc.

– Attends, dit Jack en prenant conscience d'une chose importante. Tu m'entends ?

Jamie acquiesça.

– Tu me vois ?

Le garçon hocha de nouveau la tête.

– Il me voit ! Il me voit ! exulta Jack en sautant dans toute la chambre soudain envahie par la neige.

– Tu as fait tomber de la neige, constata Jamie.

– Je sais, répondit Jack en faisant voler encore plus de flocons.

– Dans ma chambre.

– Oui, je sais, répéta Jack en chantonnant.

– Tu existes ? demanda Jamie.

– Eh oui. À ton avis, grâce à qui est-ce que tu profites de tous ces jours de tempête et de neige ? Et tu te souviens, l'autre fois, quand tu as volé avec ta luge ?

Jamie jeta un coup d'œil à son dessin toujours accroché au mur.

– C'était toi ?

– Oui, c'était moi !

– Cool !

– N'est-ce pas ?

– Et le Lapin de Pâques et la Fée des dents, ils existent aussi ? demanda Jamie.

– Réels-réels-réels ! On existe tous.

– Je le savais ! dit Jamie en tapant dans ses mains.

À cet instant, sa mère l'appela depuis le bout du couloir :

– Jamie, à qui est-ce que tu parles ?

– Hum, fit-il un sourire aux lèvres. À Jack Frost.

– Ah, d'accord, répondit-elle en riant.

Un coup de tonnerre retentit et Jack et Jamie se tournèrent vers la fenêtre.

– Ouh, là, là !

C'étaient Nord et Fée qui approchaient en traîneau. Hors de contrôle, celui-ci s'écrasa dans le jardin de Jamie. Les rennes se libérèrent et s'enfuirent en direction des bois.

– Revenez ! leur ordonna Nord.

– Nord ! Est-ce que ça va ? demanda Fée.

– C'est officiel, mes pouvoirs sont fichus, répliqua-t-il, démoralisé.

C'est alors que Fée remarqua Jack qui se précipitait

vers eux. Elle tenta de voleter à sa rencontre mais n'avait pas assez de forces.

– J'ai bien peur d'être dans le même état, admit-elle.

– Qu'est-ce que tu fais ici ? demanda Nord à Jack.

– La même chose que vous, rétorqua celui-ci en désignant le petit garçon.

– Ouah ! C'est bien vous ! s'exclama Jamie en contemplant Nord et Fée d'un regard plein d'admiration. J'étais sûr que ce n'était pas un rêve.

– Jack ! Il te voit ! constata Nord.

– Une seconde, où est Bunny ? demanda Jack.

Nord baissa les yeux.

– Bunny a eu un petit pépin, annonça-t-il tristement.

– Oh, non, dit Jack en apercevant un lapin de taille normale dans le traîneau.

– C'est *ça*, le Lapin de Pâques ? gloussa Jamie.

– Ah, c'est maintenant qu'on me voit, hein ! cracha Bunny, frustré. Où étais-tu il y a une heure, l'ami ?

– Qu'est-ce qui lui est arrivé ? s'enquit Jamie. Avant, il était si grand et si cool, et maintenant il est tout petit et tout mignon.

Bunny était au bord de la crise de nerfs.

– C'est toi qui lui as demandé de dire ça ? lança-t-il à Jack. Très bien ! Allons-y ! Toi et moi ! Viens te battre !

– En fait, c'est lui qui m'a dit que tu existais, s'empressa d'expliquer Jamie. Juste au moment où je commençais à croire le contraire.

Bunny cessa de sautiller en direction de Jack et se tourna vers Jamie.

– Il t'a convaincu de croire ? En moi ?

– Et de un, il n'en reste plus que quatre cents millions, déclara Jack avec un sourire.

Bunny lui rendit son sourire, mais cela ne dura qu'un bref instant. La troupe entendit un nouveau coup de tonnerre au loin. Pitch flottait au-dessus d'eux sur un nuage de sable de cauchemar.

– Éloignez Jamie d'ici ! ordonna Jack.

– Qu'est-ce que tu vas faire ? voulut savoir Nord.

– Aucune idée.

Tandis que les légendes décampaient avec Jamie, Jack sauta en l'air et vola à toute vitesse vers Pitch. Ce dernier fut surpris de le voir approcher après ce qu'il lui avait fait en Antarctique, il poussa un soupir et vola à sa rencontre.

Jack et Pitch se foncèrent droit dessus et culbutèrent à travers la ville. De la neige et du sable de cauchemar tourbillonnaient dans tous les sens tandis que Pitch cherchait une fois de plus à s'emparer du bâton de Jack.

– Tu aurais dû rester en dehors de ça, Jack, lui dit-il alors que tous deux s'élevaient à présent au-dessus de la ville. Si tu l'avais fait, tout serait déjà terminé. Et tu ne serais pas moins bien loti.

– Mais tous les autres, si, objecta Jack.

– Depuis quand est-ce que tu te soucies des autres ? fit Pitch, qui n'en croyait pas ses oreilles.

Dans un élan d'énergie, Jack arracha son bâton des mains de Pitch mais, aussitôt, le sable de cauchemar s'enroula autour de l'arme magique et la lui reprit.

Sans son bâton, Jack ne pouvait pas voler. Il dégringola et Pitch lui adressa un au revoir de la main.

Pendant ce temps, les cauchemars cherchaient partout Jamie et les gardiens impuissants. Bunny les conduisit dans une ruelle, qui était malheureusement une impasse.

Boum ! Jack était de retour, il venait d'atterrir dans une benne à ordures.

Jamie et les gardiens l'aidèrent à s'en extirper.

– Bien essayé, Jack ! le réconforta Nord. L'intention y était !

Cependant Jack ne pensait qu'à une chose :

– Mon bâton. Je l'ai perdu.

Le tonnerre redoubla derrière eux et une ombre commença à ramper le long des murs de la ruelle.

La voix de Pitch retentit :

– Tout ce chambardement pour un seul petit garçon. Et il refuse encore de renoncer à croire. Très bien, je connais d'autres moyens d'éteindre une lumière.

Comme pour prouver ce qu'il avançait, l'ombre de Pitch se mit à briser toutes les ampoules des lampadaires de la ruelle. Jamie avait l'air effrayé.

– Il va falloir me passer sur le corps ! intervint Bunny.

– Oh, comme tu es choupinet avec ton joli duvet ! Tu veux une caresse derrière les oreilles ?

– N'y pense même pas, rétorqua Bunny en se réfugiant d'un bond dans les bras de Nord.

L'ombre de Pitch s'évanouit pour laisser place à un bruit de sabots trottant dans la ruelle. Le véritable Pitch apparut chevauchant Onyx.

– Vous n'imaginez pas à quel point je suis heureux de tous vous voir ainsi, déclara-t-il. Vous avez une mine pitoyable.

Il n'avait pas tort car, à cause de lui, les gardiens étaient plus faibles que jamais. Mais ils s'efforçaient encore de protéger Jamie.

– Jack, j'ai peur, confessa celui-ci d'une toute petite voix.

Un souvenir revint à Jack. Il vit sa sœur prononcer les mêmes mots que Jamie lorsque la glace s'était fissurée, tant de siècles auparavant. Il se rappela qu'il lui avait assuré que tout allait bien se passer.

Il savait désormais quoi faire. Il se tourna vers Jamie.

– Et si on s'amusait un peu ? dit-il.

– Alors, Jamie, qu'en penses-tu ? fit Pitch qui continuait à s'approcher d'eux. Est-ce que tu crois au croque-mit...

Bing ! Une boule de neige le frappa en pleine tête. Jamie gloussa en voyant Pitch se débarrasser de la neige qu'il avait reçue. Jack tendit une autre boule au garçon.

– Oui, je crois en toi, dit Jamie à Pitch. Et tu ne me fais pas peur.

Bing! Pitch reçut une autre boule de neige sur la tête. Jack, Jamie et les légendes profitèrent de cette diversion pour s'enfuir de l'impasse, mais Jack n'oublia pas pour autant de récupérer du matériel dans les ordures: des cageots en bois, un couvercle de poubelle et un wok.

– Prêt pour une partie de rigolade? demanda-t-il à Jamie.

Zoum! Un éclair bleu passa à toute allure devant un homme qui promenait son chien dans les rues paisibles de Burgess. Comme il l'avait fait quelques jours auparavant, Jack créait une piste de glace; et Jamie était à ses côtés. Sauf que, cette fois, les légendes empruntèrent la piste avec, en guise de luges, les cageots que Jack avait trouvés dans la ruelle.

– Allez! Plus vite! les encouragea-t-il.

– Cool! dit Jamie.

– Pas besoin d'un bâton quand un enfant croit en vous. Ça me rappelle la première fois que les rennes ont volé, observa Nord.

– Allons chercher tes amis! dit Jack à Jamie.

Cupcake était dans son lit, les couvertures complètement remontées par-dessus la tête. Elle craignait de s'endormir et de faire encore un cauchemar, quand une boule de neige s'écrasa contre sa fenêtre.

Elle repoussa les couvertures et découvrit une chose extraordinaire : il neigeait dans sa chambre ! Pour la première fois depuis longtemps, Cupcake sourit.

Quelques maisons plus loin, Pippa était, elle aussi, ébahie devant la neige qui tombait doucement dans sa chambre. Elle entendit cogner à sa fenêtre et s'en approcha. Elle n'en croyait pas ses yeux : Jamie Bennett flottait devant la fenêtre de sa chambre, un étage au-dessus du sol !

– Jamie, comment fais-tu ça ? demanda-t-elle.

– Jack Frost, répondit-il. Viens, on a besoin de ton aide !

Jack traversa la rue à toute allure, et c'est à cet instant que Pippa le vit.

– Est-ce que c'est... ?

– Jack Frost ! s'exclama Monty depuis sa chambre enneigée.

Le même phénomène se produisit dans celle de Claude et Caleb.

– Ouah ! fit Claude en contemplant les flocons tomber du plafond.

C'est alors que des cadeaux de Noël atterrirent à côté de leurs lits.

– Joyeux Noël ! brailla Nord.

Les jumeaux se précipitèrent à leur fenêtre et virent les légendes passer en trombe sur leurs luges.

– Joyeuses Pâques ! ajouta Bunny.

– N'oubliez pas de vous nettoyer les dents avec du fil dentaire, renchérit Fée.

Puis, à la grande surprise des garçons, Cupcake passa à toute vitesse sur sa luge.

– Jamie avait raison depuis le début ! Le Lapin de Pâques existe ! dit Caleb alors qu'un groupe d'enfants courait pour rattraper Cupcake.

– La Fée des dents aussi, précisa Pippa.

– Et aussi le Père Noël ! lança Monty.

– Ils existent tous ! conclut Claude.

Quelques minutes plus tard, Pitch se percha sur un toit et observa Jack, les légendes, Jamie et ses camarades freiner.

Lorsque le groupe leva les yeux vers lui, il fit tournoyer son sable de cauchemar, emplissant le ciel au-dessus de la ville de ténèbres aussi noires que du charbon.

– Vous croyez que quelques enfants vont suffire à vous aider ? railla-t-il. Contre ça ?

Il sema son sable de cauchemar sur toute la ville, lequel détruisit tout sur son passage. Puis le sable se fraya un chemin jusqu'au groupe.

– Ce ne sont que de mauvais rêves, assura Jack qui avait remarqué l'expression terrorisée sur le visage de Jamie.

– Et nous sommes là pour vous protéger, ajouta Bunny tandis que lui, Jack, Fée et Nord se plaçaient devant les enfants pour empêcher le sable de cauchemar de les atteindre.

– Vous allez les protéger, ricana Pitch. Et qui vous protégera, vous ?

Jamie jeta un coup d'œil à ses camarades. Tous avaient l'air encore plus effrayés que lui. Il était vraiment déterminé à ne pas laisser Pitch gagner la partie.

– Moi, je le ferai ! intervint-il en s'avançant d'un pas.

Tous ses amis l'imitèrent : Jamie, Cupcake, Pippa, Monty, Claude et Caleb vinrent se placer devant les gardiens. Le sable de cauchemar se précipita sur eux.

– Ce ne sont que de mauvais rêves ! rappela Jamie à ses camarades.

Tous les enfants tendirent les mains alors que le sable leur fonçait dessus. Mais, au lieu de les renverser, et d'attaquer les légendes, le sable noir se transforma en sable de rêve doré !

– Ouah ! fit Claude, émerveillé.

Chaque nuée de sable noir que les enfants touchaient se changeait en sable de rêve. Les cauchemars ne tardèrent pas à courir dans tous les sens pour échapper à la poudre dorée.

– Jamie, qu'est-ce qui se passe ? demanda Pippa.

Pitch se posait la même question. Ses projets partaient en fumée en même temps que ses cauchemars disparaissaient.

Le sable de rêve se glissait dans les chambres des enfants de toute la ville. Les rêves redevenaient agréables.

Dans le repaire de Pitch, les minifées recouvraient leurs forces. Bébé Fée retrouva son énergie, elle battit des ailes.

Et, tout comme celui du pôle Nord, le globe assombri qui trônait au centre de la grotte se remit à scintiller. De plus en plus de lumières s'allumaient à mesure que les minifées ouvraient les boîtes à dents. Les souvenirs conservés dans les boîtes affluaient dans la mémoire des enfants du monde entier.

Sophie regarda par la fenêtre de sa chambre. Du sable de rêve passa à tout allure, comme s'il avait emprunté une autoroute dorée qui descendait depuis le ciel.

– Beau ! s'exclama-t-elle lorsqu'une vague de sable se changea en un papillon étincelant devant sa fenêtre.

Tandis que le sable de rêve s'introduisait dans les chambres des enfants endormis, le globe embarqué dans le traîneau de Nord se mit à briller de plus en plus car les enfants croyaient de nouveau. Nord sentit son pouvoir revenir. Il dégaina ses épées, prêt à supprimer quelques cauchemars.

Au même moment, les ailes de Fée se remirent à battre. Jamie et ses camarades applaudirent lorsqu'elle s'élança dans les airs.

Le petit Bunny se faisait poursuivre par un cauchemar. Il tenta de trouver un endroit où se mettre à l'abri mais le cauchemar l'attrapa par la queue. Le Lapin se préparait au pire quand, brusquement, il retrouva sa taille normale.

– Bien le bonjour, l'ami ! salua-t-il juste avant de lancer ses boomerangs et de trancher son adversaire en deux.

Pitch continua d'envoyer ses cauchemars au combat, toutefois les légendes avaient désormais regagné tous leurs pouvoirs. Nord jeta une boule à neige par terre, et yétis et lutins arrivèrent aussitôt du pôle Nord pour apporter leur aide.

– Pas possible ! s'exclamèrent en chœur Claude et Caleb.

Les lutins utilisèrent des parachutes pour les rejoindre, sautant depuis des jouets en forme d'avion ou de canard.

Bunny dégagea l'entrée d'un grand terrier dans le

sol et accueillit ses œufs sentinelles, qui prirent en stop certains des camarades de Jamie.

Jack examina les alentours et aperçut Pitch assis sur le dos d'Onyx sur un toit. Le croque-mitaine descendit du toit et disparut, et Jack se lança à sa poursuite avec les légendes dans son sillage.

Sur le toit, Jack s'écarta avant que le sable de cauchemar de Pitch puisse l'atteindre.

– Oh, oh, oh ! s'écria Bunny en lançant des boomerangs sur le croque-mitaine.

Nord surgit d'un terrier ses épées à la main. Mais ce n'était pas le bon toit !

– Yaah ! hurla-t-il dans le vide.

À terre, les enfants combattaient toujours les cauchemars en tendant les mains pour les toucher et les transformer ainsi en papillons dorés.

Nord sauta enfin sur le bon toit et renversa Pitch du dos d'Onyx. Avec le sable de cauchemar resté suspendu en l'air, Pitch modela une faux alors que Nord lui fonçait dessus.

Cling ! Leurs lames s'entrechoquèrent. Les autres gardiens encerclèrent rapidement Pitch.

– Je te déteste, Frost, siffla ce dernier en battant en retrait dans une ruelle, les gardiens à ses trousses.

Il se divisa en plusieurs ombres afin de faire diversion, puis revint brusquement derrière Jack. Il avait une hache de sable de cauchemar à la main.

– Jack ! avertit Bunny.

Mais avant que Pitch puisse abattre sa hache, un fouet doré lui lia les poignets. Le propriétaire de ce fouet n'était autre que Sab !

Du sable de rêve déferla sur Pitch et le projeta en arrière.

Ses amis étaient fous de joie de retrouver le Marchand de sable. Il s'envola au-dessus de la bataille, lançant du sable doré dans toutes les directions. Les cauchemars disparurent aussitôt, ne laissant derrière eux que des pensées joyeuses.

Il flottait dans l'air une telle quantité de sable de rêve que Sab en transforma une partie en un gigantesque brontosaure. Il façonna de plus en plus de créatures. Tout le monde l'acclamait.

Jack provoqua une bataille de boules de neige, choisissant Jamie pour première cible. Celui-ci ramassa lui-même un peu de neige et attaqua Claude.

– Ah oui ? D'accord, c'est parti ! lança Claude en dégommant un lutin.

Nord attira Jack à l'écart.

– Ton centre ? lui demanda-t-il.

– Ça m'a pris du temps, et j'ai trouvé ce que c'était.

Nord esquissa un petit sourire et lança quelque chose à Jack. Celui-ci attrapa l'objet et sut immédiatement ce que c'était : une poupée russe qui lui ressemblait à s'y méprendre! Jack adressa un sourire à Nord qui lui répondit par un clin d'œil avant d'être touché par une boule de neige. Il se retourna lentement pour faire face à Claude et Caleb. L'espace d'un instant, la peur se lut sur le visage des garçons, Nord éclata alors de rire.

– Vous êtes tous inscrits sur la liste des vilains enfants. Bunny, réflexe! fit-il en se joignant à la bataille et en envoyant une boule de neige en plein sur la tête du lapin.

Pitch était dépité de voir tant de joie. Il s'éleva dans le ciel et ne détecta pas une once de peur, tandis que des créatures dorées arpentaient les rues et que des boules de neige fendaient l'air en sifflant.

– Vous osez vous amuser en ma présence, vociféra-t-il à l'adresse de tout le monde. Je suis le croquemitaine et vous allez me redouter!

Il fondit sur Jamie et ses camarades mais, au lieu de se faire attraper, les enfants passèrent à travers lui. Ils ne croyaient plus en lui.

Les légendes s'approchèrent de Pitch désormais dépossédé de ses pouvoirs. Celui-ci fit volte-face et s'enfuit en direction de la forêt qui bordait la ville.

Mais il fut incapable de semer les gardiens qui le devancèrent pour le retrouver à l'étang.

– Tu nous quittes déjà? fit Nord, lorsque Pitch s'écrasa contre son ventre.

– Tu ne nous as même pas dit au revoir, ajouta Fée en jetant une pièce de monnaie au croque-mitaine.

– Vingt-cinq cents ? s'étonna Pitch.

Bam ! Profitant de son inattention, Fée lui asséna un coup de poing dans la mâchoire. Une des dents de Pitch s'envola et atterrit en glissant sur la surface glacée de l'étang.

– Ça, c'est pour avoir enlevé mes minifées, déclara-t-elle.

– Vous ne pouvez pas vous débarrasser de moi, dit Pitch d'un ton mauvais en regardant l'eau sous la fine couche de glace. Jamais vous ne le pourrez. La peur existera toujours.

– Et alors ? rétorqua Nord. Tant qu'au moins un seul enfant croira en nous, nous serons là pour combattre la peur !

– Vraiment ? Dans ce cas qu'est-ce que ceux-là font ici ? demanda Pitch en indiquant du doigt des centaines de cauchemars qui émergeaient des bois.

– Je ne sais pas, répondit Nord. Mais ce ne sont sûrement pas mes cauchemars parce que je n'ai pas peur.

– On dirait bien que c'est ta propre terreur qu'ils sentent, dit Jack à Pitch.

Soudain, haut dans le ciel, les nuages s'écartèrent et la lune diffusa sa lumière. Les yeux de Pitch s'écarquillèrent de terreur alors que les cauchemars avançaient effectivement sur lui.

– Aaaaah !

Le croque-mitaine tenta de leur échapper mais un nuage de sable noir l'emporta dans la forêt. Il fut finalement traîné jusque sous le vieux lit démantibulé puis renvoyé au fond du trou noir qui s'enfonçait dans le sol de la forêt. Le trou se referma et Pitch disparut.

11

Le soleil commençait à se lever au-dessus de l'étang. Jack trouva son bâton par terre, il le tendit vers le ciel.

La lune était là, dardant ses derniers rayons avant que ceux du soleil ne règnent sur le jour.

Jack leva les yeux et aperçut comme un léger sourire sur la face de la lune. Il lui rendit son sourire.

Puis il entendit Fée qui riait. Il jeta un coup d'œil autour de lui et constata qu'il était cerné par les légendes.

– Qu'est-ce qui se passe ? demanda-t-il.

– Est-ce que tu es prêt, maintenant, Jack ? dit Nord. Pour qu'on officialise tout ça ? précisa-t-il alors qu'un yéti lui tendait le vieux livre des légendes. Bien, il est temps de prêter serment. (Nord s'éclaircit la voix.) Est-ce que toi, Jack Frost, tu jures de veiller sur les enfants du monde entier ?

Jamie et ses camarades se joignirent aux autres gardiens, aux yétis, aux elfes et aux œufs pour former un cercle autour de Jack.

– De protéger au prix de ta vie leurs espoirs, leurs souhaits et leurs rêves ? Car ils sont tout ce que nous possédons, tout ce que nous sommes, et tout ce que nous serons jamais.

Nord avait terminé sa lecture et attendait la réponse de Jack. Ce dernier regarda d'abord Jamie, puis Nord, et déclara enfin :

– Je le jure.

– Alors félicitations, Jack Frost, car tu es dorénavant et à tout jamais… une légende.

Nord referma le livre. Les enfants poussèrent des vivats, les yétis et les œufs se réjouirent.

– T'es le meilleur, Jack ! dit Claude.

– Bien joué, l'ami, le félicita aussi Bunny.

– *Klasno !* s'écria Nord en soulevant Jack pour le serrer dans ses bras et l'embrasser sur les joues.

Au milieu de toute cette effusion de joie, Jack remarqua les minifées qui voletaient çà et là, se pâmant de bonheur.

– Restez groupées, les filles, leur rappela Fée.

– Regardez ! lança Caleb en pointant du doigt quelque chose d'énorme dans le ciel.

– C'est le traîneau du Père Noël ! s'exclama Monty.

Après tout ce qu'ils avaient vu, les enfants étaient encore ébahis de découvrir le traîneau.

– Le traîneau, tout le monde l'aime, observa Nord avec un petit rire avant d'apercevoir le soleil qui s'élevait dans le ciel. Il est temps de partir, indiqua-t-il aux gardiens.

Sab jeta du sable de rêve en l'air. Celui-ci flotta doucement pour se déposer sur Jamie et ses camarades qui se mirent à bâiller et à s'étirer.

Bunny donna un œuf à Sophie qui courut vers son frère en gloussant.

– Joyeuses Pâques, ma petite. Tu vas me manquer, lui dit Bunny tandis qu'elle s'éloignait.

– Vous partez ? demanda Jamie, un peu endormi. Et si Pitch revenait ? Et si on arrêtait encore de croire ? Si je ne peux plus vous voir...

Jack s'agenouilla pour regarder Jamie dans les yeux.

– Hé, hé ! attends un peu. Est-ce que tu es en train de me dire que tu arrêtes de croire à l'existence de la lune quand le soleil se lève ?

– Non, répondit Jamie.

– Bon, et est-ce que tu arrêtes de croire au soleil quand des nuages viennent le cacher ?

– Non.

– On sera toujours là, Jamie. Et maintenant… (D'un geste du doigt, il désigna le cœur du garçon.) On sera toujours ici. Ce qui fait de toi une légende aussi, en quelque sorte, conclut-il en souriant.

Jamie était fier.

– Rentrons chez nous, j'ai sommeil, déclara Claude.

– Mes yeux se ferment tout seuls, approuva Pippa.

– Quelle heure est-il ? demanda Caleb. Je suis en train de rêver.

Jack sourit en grimpant dans le traîneau avec les autres.

Jamie les salua de la main lorsque le traîneau prit son élan. Il courut derrière l'attelage jusqu'à ce qu'il décolle, direction le pôle Nord.

Jack était heureux. Heureux d'avoir aidé à vaincre Pitch et d'enfin savoir qui il était vraiment : une légende. Il se retourna pour regarder Jamie alors que le traîneau virait dans le ciel du matin. Il fit apparaître un flocon de neige dans ses mains et le laissa s'envoler.

Le papier de cet ouvrage est composé de fibres naturelles,
renouvelables, recyclables et fabriquées
à partir de bois provenant de forêts plantées et cultivées
expressément pour la fabrication de la pâte à papier.

Loi n° 49-956 du 16 juillet 1949
sur les publications destinées à la jeunesse

ISBN : 978-2-07-064938-9
N° d'édition : 245664
Dépôt légal : novembre 2012
Imprimé en Pologne